후륀베이얼 양떼몰이

후뤈베이얼 양떼몰이

발행일 2018년 1월 29일

지은이 채 한 종
펴낸이 손 형 국
펴낸곳 (주)북랩
편집인 선일영 편집 권혁신, 오경진, 최예은, 최승헌
디자인 이현수, 김민하, 한수희, 김윤주 제작 박기성, 황동현, 구성우
마케팅 김회란, 박진관, 유한호
출판등록 2004. 12. 1(제2012-000051호)
주소 서울시 금천구 가산디지털 1로 168, 우림라이온스밸리 B동 B113, 114호
홈페이지 www.book.co.kr
전화번호 (02)2026-5777 팩스 (02)2026-5747

ISBN 979-11-5987-933-3 03910(종이책) 979-11-5987-934-0 05910(전자책)

이 도서의 국립중앙도서관 출판예정도서목록(CIP)은 서지정보유통지원시스템 홈페이지(http://seoji.nl.go.kr)와 국가자료공동목록시스템(http://www.nl.go.kr/kolisnet)에서 이용하실 수 있습니다.

베이얼에서 후뤈까지 양떼와 함께한 200km

후뤈베이얼 양떼몰이

채한종 지음

북랩 book Lab

内 蒙 古　　呼 伦 贝 尔 地 區

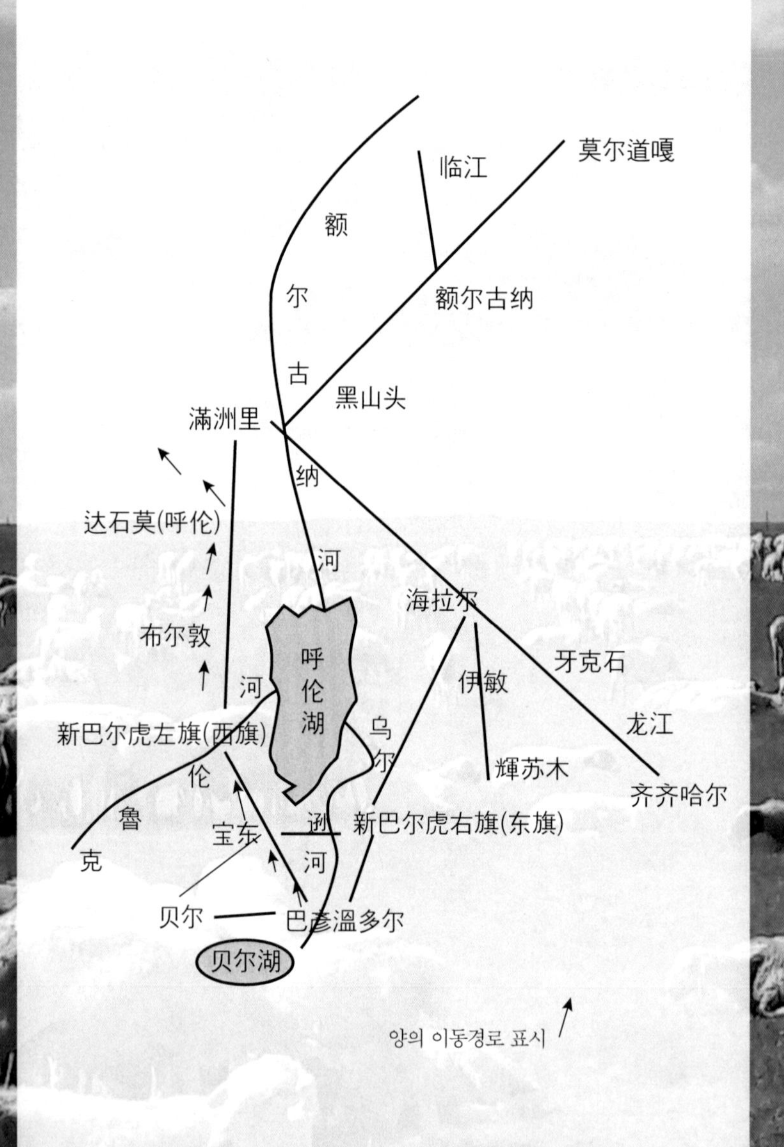

莫尔道嘎
临江
额尔古纳河
额尔古纳
黑山头
滿洲里
达石莫(呼伦)
布尔敦
克鲁伦河
海拉尔
牙克石
伊敏
龙江
辉苏木
齐齐哈尔
呼伦湖
乌尔逊河
新巴尔虎左旗(西旗)
新巴尔虎右旗(东旗)
宝东
贝尔
巴彦溫多尔
贝尔湖
양의 이동경로 표시

파란 하늘에는 뭉게구름이 흐르고
푸른 초원에는 양떼들이 뛰논다.
그래서 나는 그곳으로 간다.

머리말

이 글은 2017년 중국 내몽고 북부에 위치한 후뤈베이얼 지역의 양을 찾아 떠난 이야기다. 여기서 예기치 않게 양을 따라 보름 동안 200여㎞를 이동하는 양떼몰이의 생활을 경험했다.

중국 만리장성 넘어 북쪽에는 내몽고자치구가 있다. 내몽고자치구는 서쪽으로는 신강위그루자치구 가까이에 위치하고 동쪽으로는 흑룡강성에 접하는 동서로 길게 걸쳐진 지역이다. 이 지역은 대부분이 사막과 초원으로 형성되어 있다. 사막에서는 낙타가 초원에서는 말과 소 그리고 양들이 살아간다.

올해는 유난히 극심한 가뭄이 들었다. 농민들의 가슴도 타들어간다.

저수지는 바닥을 드러내고 4대강 사업을 한 대공사도 소용이 없었다. 설상가상으로 나라의 정치도 매우 혼란을 겪고 있다. 대외적으로는 '사드' 문제라는 국가 간의 군사적 이해관계가 복잡하고, 안으로는 아픈 이야기지만 헌정 사상 초유의 현직 대통령 파면이 있었다. 이로 인해서 한동안 보수와 진보의 이념 논쟁도 끊이질 않았다. 아마도 법이 권력과 힘 앞에서 떳떳하게 존재했다면 이런 일은 없었을 것이다.

말에 책임을 지지 않는 특권이 정치인에게는 있다고 말한다. 그리고 말로는 정치인만큼 청렴한 직업군도 없다. 그래서 자신에게 유리하게 한 말들이 훗날 부메랑이 되어 돌아오기도 한다. 슬픈 일이다.

이제 진보의 기치를 앞세운 문재인 새 정부가 출범했다. 농민이 단비를 기다리듯 국민들도 단비를 간절히 기대해 본다.

시간은 서두르거나 머뭇거리지 않았다.

한 달 전에 사두었던 비행기 표가 나를 떠나라고 재촉한다. 낯선 환경과 생활에 내 몸을 맡겨본다. 처음에는 두렵고 고독해 보일지 모른다. 하지만 그 감정이 사라지는 시간은 그리 오래가지 않았다. 새로운 환경의 호기심이 자신을 지배하는 순간부터 여행은 시작되고 즐겁다. 만나는 사람과도 벗하지만 색다른 환경과도 친구가 된다. 어릴 적에는 부모 곁을 떠난다는 것이 두렵다. 하지만 나이가 들수록 부모보다는 친구와 함께 보내는 시간이 더 많아진다. 이렇게 여행은 몸과 마음이 홀로서기를 하는 훈련인지도 모른다.

우리는 어디 있든 떠도는 나그네일 뿐이다.

돌연변이가 생물의 진화를 가져왔듯이 남이 가지 않는 길에서 뜻하지 않은 새로운 결과물을 얻는다. 이것이 여행의 이유이기도 하다.

나는 누군가와 약속한 양들을 찾아 떠났다.

그들과 함께 생활하고 양들과 함께 보낸 잊을 수 없는 기억이 내 가슴에 오래 남기를 희망한다.

지명이나 인명은 처음에 등장할 때만 한자를 병기하였다. 발음은 중국인들이 말하는 발음으로 적었다. 그리고 지역을 찾기 쉽도록 한자 발음을 한글 가나다순으로 정리해 놓았다.

한자 정리

넌장嫩江
다쓰모达石莫
달라이호达赉湖
따씽안링大兴安岭
똥치东旗
롱쟝龙江
린쟝临江
만저우리滿洲里
모얼따오까莫尔道嘎
모허漠河
바옌원뚜어얼巴彦溫多尔
바오똥宝东
베이얼贝尔
베이얼호贝尔湖
베이지촌北极村
뿌얼뚼布尔敦
싼허山河
신빠얼후여우치新巴尔虎右旗
신빠얼후주워치新巴尔虎左旗
씨치西旗
아얼산阿尔山
야커스牙克石
어얼구나허额尔古纳河
어얼뚜어쓰鄂尔多斯
우란하오터乌兰浩特
우루무치乌鲁木齐
우얼쒼허乌尔逊河
이민伊敏
잘란툰扎兰屯
치치하얼齐齐哈尔
커루뤈허克鲁伦河
펑써우촌丰收村
하이라얼海拉尔
후뤈呼伦
헤이산터우黑山头
후뤈호呼伦湖
후뤈베이얼呼伦贝尔
훼이쑤무辉苏木

목차

후뤈베이얼

양 떼 몰이

01

후륀베이얼 양떼를 찾아서

내몽고 만저우리(滿洲里)행 기차에 올랐다.

인천발 비행기가 하얼빈에 도착하자마자 바로 치치하얼(齐齐哈尔)행 공항버스를 탔다. 치치하얼에는 처음 이곳을 여행하다가 우연히 만나 알고 지내는 공예와 서예로 유명한 모중후(牟中虎)라는 교수와 그의 여동생인 모홍리(牟洪利)가 있다. 교수는 중국 전역에서 서예나 공예작품 분야에서 대회가 열리면 전국 어디라도 참가하여 그의 명성을 남기곤 한다. 여동생은 수석에 일가견이 있어 수석 전문위원으로도 등재되어 있다.

특히 '마나오'라는 수석이 이곳에 많이 산출되어 사람들이 크게 관심을 갖는다. 한번은 그녀와 동행하여 잘란툰(扎兰屯)을 간 적이 있다. 수석에 관심 있는 몇몇의 사람들이 수석에 관한 그녀의 이야기를 매우 관심 있게 듣고는 멋진 식사를 대접하는 것을 보았다. 그 덕분에 친구가 생겼고 맛있는 음식도 맛보았다.

그녀는 동북의 도처에 수석 친구들이 있어 서로 연락을 하면서 수석을 사고파는 일을 한다. 나도 그녀를 통해서 전혀 알지도 못하는 마나오라는 수석에 대해 다소나마 안목을 넓힐 수 있었다.

그리고 내가 어디를 간다고 하면 그녀는 그곳의 친구들에게 연락을 해두어 나를 보살피도록 부탁하는 일도 세심하게 해준다. 그래서 동북의 여행은 그녀가 있는 한 어디라도 두렵지 않았다.

나는 그녀를 2년 전 흑룡강성 최북단 베이지촌(北极村)을 여행하면서 만났다. 그 당시 그녀는 싼허(山河)농장이라는 곳에서 농장 관리원으로 3년간 일을 했다. 나도 농업교사로 근무했다는 말을 듣고는 서로가 농업에 종사한 같은 직업의 사람이라고 금세 친해졌다. 그녀는 흑룡강성의 농업 전반에 대해서 궁금해 하는 나에게 많은 설명을 해주었다. 자신이 모르는 것이면 친구나 지인에게 물어서 알려주는 것도 잊지 않았다.

한 번은 그녀가 마나오 수석시장을 둘러본다고 넌쟝(嫩江)을 갈 기회가 있었다. 이때 그녀와 함께 넌쟝 가까이 있는 싼허농장도 찾아가 농장과 농촌의 생활에 대한 많은 이해도 남겼다. 그녀를 만난 것은 행운이었다.

이번에도 내가 온 것에 대해 매우 반가워하면서 나의 이야기를 듣고는 시간을 내어 만저우리의 대초원을 함께 하기로 했다. 치치하얼에서 그동안 친하게 지냈던 바둑 친구들을 만나고, 마나오 수석시장을 둘러보면서 사흘을 보냈다.

기차는 서쪽으로 달린다.

잘란툰을 지나고 야커스(牙克石)로 향하고 있다. 주변으로 보이는 풍광이 정겹게 다가온다. 계절이 바뀌니 백설로 덮였던 산천들이 초록 옷으로 갈아입었다. 하이라얼에 도착할 때는 드넓은 초원이 나를 반기듯 그림처럼 펼쳐져 있다.

2년 전 여름 처음 이곳을 왔을 때는 만저우리 부근의 풍경구를 여행하기가 힘들어 바로 북쪽 모허(漠河)를 향해 떠난 적이 있다. 작년에도 달라이호(达赉湖)를 보겠다고 와서 북쪽에 있는 헤이산터우(黑山头)로 가는 길에 만저우리를 지척에 두고 스쳐 간 적이 있다.

헤이산터우로 가면서 푸른 초원 위에서 양들과 함께 살아가는 몽고족의 멍구빠오를 보았다. 그 평화로운 풍경을 무척 그리워했는지도 모른다.

이곳은 중국 내몽고 북부에 있는 후뤈베이얼(呼伦贝尔)이라는 지역으로 서남부에 하이라얼(海拉尔)과 만저우리를 중심으로 대초원이 그림처럼 펼쳐져 있다. 세계에서 가장 넓은 대초원을 형성한 이곳은 외몽고와 러시아 중국 3국의 접경지대이기도 하다.

후뤈베이얼은 우리 남한 면적의 3배 정도 크기로 후뤈호(呼伦湖)와 외몽고의 경계에 접한 베이얼호(贝尔湖)가 있어 붙여진 이름이다. 대초원으로 형성된 서남쪽으로는 양을 키우며 살아가고 있는 목민들이 있고, 북동쪽으로는 숲 속에 순록들이 살아가고 있는 따씽안링(大兴安岭)이라는 삼림의 울창한 산맥이 지난다.

후뤈베이얼의 의미는 이렇다.

달라이호인 후뤈호는 '바다 호수'라는 말이고 베이얼은 '수달'을 말한다고 한다. 바다 같은 달라이호는 몽고어이고 중국에서는 후뤈호라고 하며 지도상에도 일반적으로 후뤈호로 표기되어 있다. 예전에는 바다 같이 넓었는데 그나마 점점 사막화 현상으로 작아져 호수라고 불린다고 한다. 그래도 후뤈호의 넓이는 우리나라 제주도 정도로 맞은편의 호숫가가 보이지 않는다.

베이얼호는 왜 하필 수달이란 동물을 표현했을까?

아마 이 호수에는 수달이 많이 서식하고 있었던 모양이다. 수달은 족제비과 동물에 속하며 오염이 안 된 강이나 하천에 서식하면서 주로 물고기를 잡아먹고 산다. 그래서 수달이 살고 있다는 것은 수질 환경이 매우 좋다는 의미이기도 하다. 즉 수달의 서식은 수질 환경의 지표가 된다는 의미로 수달을 보호함으로써 얻어지는 효과는 생태계 전반에 걸쳐 매우 크다고 볼 수 있다. 그리하여 아이러니하게도 이 수달이 사라진다면 강과 하천에 물고기가 사라진다고 한다. 그래서 몽고인들은 강이나 하천을 지키는 수호 동물로 인식하고 있는 것 같다.

지난해에는 숲 속의 순록을 보며 잠시나마 색다른 여행을 가진 적이 있다. 그러면서 언젠가는 한번 대초원에서 양떼를 따라 함께 생활해 보고 싶다는 생각도 떠나지 않았다.

같은 해 겨울 우연히 기차에서 한 젊은이를 만났다. 그는 자신이 만저우리 남쪽에 있는 씨치(西旗)라는 곳에서 양을 키우고 있다고 한다. 씨치 역시 신빠얼후주워치(新巴尔虎左旗)라는 지명의 약칭이다. 신빠얼후여우치(新巴尔虎右旗)는 동쪽에 위치한다하여 똥치(东旗)라 하고 이곳은 서쪽에 있어 씨치라고 하는 것이다. 언제라도 내가 찾아온다면 함께 생활하면서 지낼 수 있다고 했다.

나는 잊지 않고 롱쟝(龙江)에서 내리는 그와 약속을 하고 헤어졌다. 그리고 며칠 후 시간을 내어 그의 집을 찾았다. 그는 롱쟝의 변두리에 있는 펑써우촌(丰收村)에서 양을 키우고 있다. 이 양들은 겨울을 나기 위해 만저우리 부근의 초원에서 이틀이나 걸려 이곳으로 옮겨온 것이다. 그곳에서 그의 가족들과 함께 사흘을 보내고 돌아왔다.

이런 인연을 가지고 지금 만저우리행 열차를 타고 그를 찾아가고 있다. 드디어 만저우리가 가까워지니 마음까지 설렌다. 약속한 그가 나를 마중하러 나왔을까하는 생각도 스쳐간다. 주변으로 보이는 풍경이 정겹고 다녀간 옛 시간의 추억이 한없이 스쳐간다. 11시간의 기차를 타고 만저우리역에 도착했다.

다행히도 그는 차를 가지고 와서 부인과 기다리고 있었다. 젊은 친구를 다시 만나니 무척 반가웠다. 부인과도 반가운 포옹과 인사를 나누었다. 모홍리가 그를 샤오판(小范)이라고 부르기에 나도 그를 샤오판으로 불렀다.

샤오판의 차는 만저우리역에서 한 이십 여분을 달렸다. 우리를 태우고 간 곳은 만저우리 도심에서 바라다 보이는 혼례교당의 뒤편이다. 그곳은 러시아에서 오는 목재를 저장 가공하는 넓은 작업장이 있다. 앞에 있는 길게 건축된 건물이 모두 러시아 목재로 지어진 집이라고 특별히 데리고 다니며 소개해 주었다.

어둠이 내리니 혼례교당의 건물이 아름다운 야경을 뽐낸다. 손님이 많을 때는 한 번씩 러시아식 전통 결혼식을 공연한다고 한다. 밤길을 걸어 혼례교당으로 향했다. 짙은 어둠 속에서도 풀벌레의 울음소리가 가까이서 들려온다.

혼례교당에 도착하니 몇 대의 여행자들을 태운 차가 다녀가곤 했다. 혼례교당 입구와 안에는 물건을 파는 상점이 늘어서 있어 들어갈 수가 없었다. 교당 언덕에서 내려다본 만저우리의 야경은 중국에서도 유명하다고 할 정도다. 찬란한 은백색과 황금의 불빛이 건물마다 화려하게 빛을 발한다.

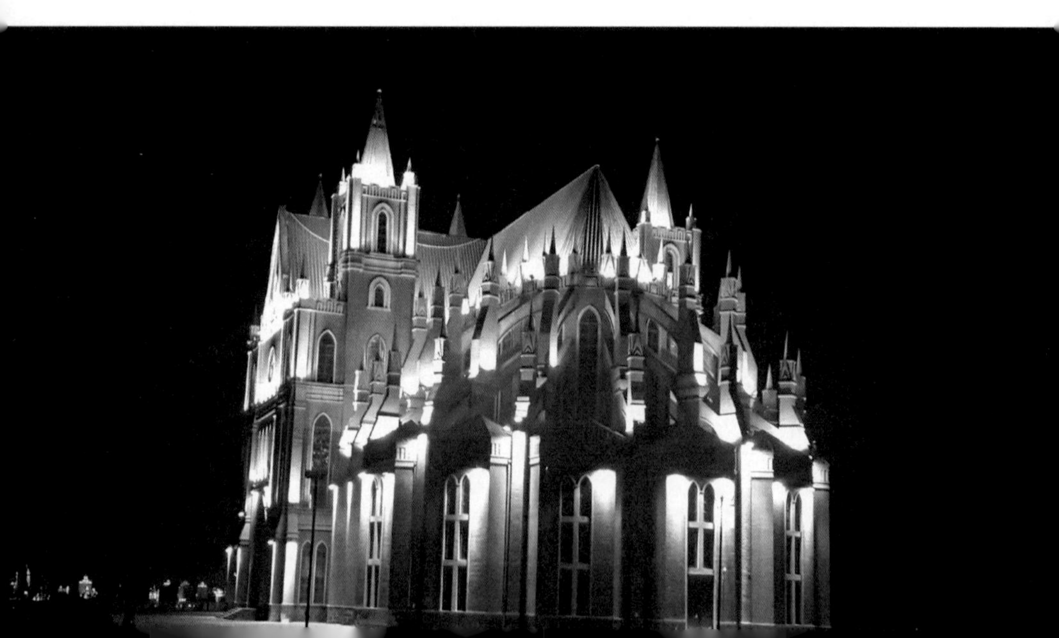

혼례교당을 내려와 우리는 오랜만에 맛보는 양고기와 한 잔의 술을 마시며 그동안 지낸 이야기를 하고 있었다. 한 젊은이가 다가와 내게 인사를 건넨다. 샤오판이 자기의 사촌동생이라고 소개를 하면서 이 젊은이도 내일 우리와 함께 양떼 무리로 간다고 한다. 우리는 반가움에 밤이 깊어 가는 줄 몰랐다.

아침에 날이 밝자 목재 작업장을 둘러보았다. 작업장에 쌓아둔 목재의 규모가 어마어마하다. 작업장 밖에도 산더미처럼 쌓인 목재들을 보면서 자연이 우리에게 주는 선물이 너무 크다는 것을 실감했다.

갑자기 샤오판이 다가와 차 운전을 할 줄 아느냐고 묻는다. 할 줄 안다고 했더니 안심한 듯 있다가 자기 차를 운전하겠느냐고 재

차 묻는다. 나는 한국에서 자동기어인 차만 운전해서 수동은 잘 못 한다고 했다. 사실 수동기어는 88년도에 운전면허를 시험 볼 때 운전해 본 이후로 한 번도 운전해보지 않았다. 그러니까 30년 동안 수동식 기어 차를 만져보지 않은 셈이다.

드디어 양떼들이 뛰노는 대초원으로 향했다.

슈퍼를 지나면서 마실 물과 약간의 간식을 준비했다. 차에는 샤오판 부부, 샤오판 사촌동생, 모홍리, 그리고 나 다섯이다. 도심을 벗어나는 차 안에서 몽고의 전통 노래를 들으며 남쪽을 향하여 떠났다.

38도를 넘나드는 날씨임에도 아침저녁으로는 서늘하다. 또 새벽 3시면 어둠이 걷히기 시작하고 저녁 9시가 되면 어둠이 찾아온다. 우리나라는 33-5도를 넘나들지만 바다를 접하고 있어 후덥지근하다. 그래서 더욱 더위의 체감온도가 크게 느껴진다. 저녁에도 잠을 이루지 못하는 열대야현상이 나타나고 있는 것이다.

씨치로 가는 길목에 교통경찰이 우리차를 세운다. 조금 전에 샤오판은 이런 상황을 미리 알고 안전벨트를 하라고 했다. 아무 잘못도 없는데 차를 세운 것이다. 샤오판이 경찰에게로 가서 한동안 이야기를 나누고는 돌아왔다. 알고 보니 우리나라 7-80년대에나 있었던 수고료를 요구하고 있었던 것이다. 관례상 늘 있는 일이라 여기며 미련 없이 약간의 수고료를 주고 길을 재촉했다.

풀이 자라지 않은 황무지 길로 접어들었다. 3년 동안 가뭄이 들어 양들을 키우기에 매우 곤란을 겪고 있다고 한다. 가다가 우얼쉰허(乌尔逊河)라는 냇물의 다리 위에서 잠시 멈추었다. 가지고 온 약간의 간식을 먹으며 황량한 대지를 걸어본다. 구름 한 점 없는 대평원의 열기가 바람을 타고 얼굴을 스쳐간다.

다시 길을 떠났다.

가도 가도 끝없는 사막의 길이다. 저 멀리 황량한 들판에 차들과 사람들이 북적인다. 몽고족의 전통행사가 열리고 있다고 한다. 이삼백 명은 넘을 정도의 사람들이 자가용이나 오토바이를 타고 이곳을 찾은 것이다. '아오바오(敖包)'라는 나무로 만들어진 무더기 탑을 돌면서 그들의 안녕과 일 년 풍요를 기원하는 전통의식을 하고 있다.

처음에는 하늘에 비가 오기를 바라는 기우제를 지내는 행사인 줄 알았다. 하지만 일 년에 한 번 있는 그들의 전통행사라고 하여 더욱 의미 있게 보았다. 아오바오라고 하는 것이 나뭇단을 약간 높은 둔덕에 세워 오색의 천을 둘러놓은 단순한 형태의 모양을 하고 있다.

아오바오는 몽고인들이 흙이나 돌 등을 쌓아놓아 경계나 이정표로 삼은 무더기라고 하는데 우리나라 서낭당 같은 구실도 한다. 그래서 그곳에 영험함이 있다고 믿으며 제사를 지내기도 한다.

모홍리는 이제 아오바오도 상품화되어 관광지에 가면 돌무더기를 쌓아 올려 다양한 원뿔형의 형태로 멋지게 만들어 놓기도 한다고 말한다.

중년의 남자들과 아낙네들은 두 손을 모아 아오바오를 향하여 기도하듯 절을 한다. 부모님의 손을 잡은 아이들 그리고 말을 탄

꼬마 아이들도 아오바오를 돌고 있다. 이 더운 날씨 속에서도 남자들은 중절모자를 쓰고 천으로 허리띠를 두른 채 두툼한 도포자락을 걸쳐 입고 있다. 아낙네들도 마찬가지다.

조금 떨어진 곳에서는 젊은이들이 활쏘기 대회를 하고 있다. 다가가서 쏘는 흉내라도 내보고 싶다는 나의 청을 위험하다고 들어주지 않는다. 사실 외몽고를 여행할 때 50미터 떨어진 양가죽 표적을 한 번에 맞추어 한국인의 양궁실력을 대신 보여준 관록도 있다.

또 길을 떠났다.

달라이호가 지척에 있다고 하지만 보이지도 않는다. 가도 가도 풀 한 포기가 보이지 않을 정도로 대지는 바싹 메말라 있다. 걸어갈 적마다 흙먼지가 발자국을 따라 주변을 휩쓸고 지나갈 정도다. 비가 내린다면 가끔씩 나타나는 웅덩이로 인하여 차가 다닐 수가 없을 것 같다. 그런 면에서는 맑은 날씨가 다행이다 싶었다.

드디어 다섯 시간이나 걸려 목적지에 도착했다. 도착한 곳은 황무지에 보이는 단 한 채의 빨간 지붕을 낮게 드러낸 가정집이다. 집 앞에는 한 필의 백말과 용맹하게 보이는 검은 개 두 마리, 트랙터, 오토바이가 보인다. 그리고 집 옆에는 풀을 찾아 떠난 양의 철망우리가 쓸쓸하게 세워져 있다.

샤오판 부모님과 이모, 이모부가 나와 우리를 마중한다. 지난겨울에 다시 오겠다는 나의 약속을 기다렸다는 듯이 매우 반갑게 맞이해 주었다. 집안으로 들어가니 누추하기 이루 말할 수가 없을 정도다. 이곳은 외몽고와 국경을 접하는 곳으로 차로 10분만 달리면 국경을 만난다.

그리고 외몽고가 대부분 차지하고 있는 베이얼호에서 흐르는 우얼쉰허가 있다. 이 우얼쉰허는 상류라 물살이 비교적 세다. 그리고 이 물은 흘러 흘러 후룬호 즉 달라이호라는 곳으로 들어간다. 여기서 20분 정도 가면 베이얼(贝尔)이라는 촌마을이 있는데 그곳을 가려면 국경을 지키는 군인 초소를 거쳐야 한다.

우얼쉰허가 흐르는 옆으로 가로수처럼 난 길에 오십여 그루 정도의 작은 나무가 있다. 평원에 유일하게 보이는 그늘이다. 이곳에서 나의 보금자리인 텐트를 쳤다. 여기 온다는 계획하에 치치하얼에서 텐트를 샀다. 샤오판 집과는 약 200미터 정도 떨어져 있다.

바람이 불면 흙먼지가 스며들고 바람이 멈추면 뜨거운 열기가 들어온다. 그늘이라고 소도 집으로 돌아오기 전 이곳에 쉬면서 변을 누었는지 주변이 모두 소의 배설물로 덧칠해져 있다. 동물들이 오가는 초원에서는 늘 보는 자연의 현상이다. 더럽다는 생각만 잠시 접어둔다면 훌륭한 보금자리다.

냇가를 따라 강한 바람이 불어온다. 이곳의 여름은 늘 이렇다고 한다. 아마 호수가 가까워 호수 바람이 부는지도 모른다.

나뭇가지 위에는 새가 둥지를 틀었다. 까치와 참새가 나뭇가지 사이를 오간다. 또 다른 새들의 울음소리도 그치질 않는다. 새와 벌레, 바람소리 모두가 비를 절규하듯 기다리고 있다. 날벌레가 텐트를 스쳐도 비가 내리는가 싶은 심정이다.

자연의 소리는 어느 것 하나도 글로써 표현하기 어렵다는 것을 이제 새삼 느낀다. 새의 끄윽~ 짹짹~ 쪽~ 그리고 가냘픈 스힝~, 츠륵~ 소리 날벌레의 쵸르륵~ 하면서 나는 소리, 바람의 후휘쉭~ 소리 등 아무리 들어도 매번 다르다.

해가 지니 어디선가 양들의 울음소리가 들려온다. 저 멀리 양들이 구름처럼 몰려오고 있다. 지난겨울에 룽장 촌에서 보았던 양들이다. 이곳을 오는데 트럭 세 대로 6층을 만들어 36시간이나 이동했다고 한다. 이동하는데 드는 비용만도 인민폐 만원이 소요됐다고 한다.

천오백 마리가 걸어오는 메마른 대지에는 하얀 먼지가 뽀얗게 피어올랐다. 64세의 샤오판 아버지가 오토바이를 타고 마중 나간다. 덩달아 두 마리 개도 샤오판 아버지를 따라 나섰다. 나도 역시 호기심 속에 양들을 마중하러 나갔다.

샤오판 아버지와 두 마리의 개가 양들을 데리고 우리로 들어간다. 열어놓은 양우리로 들어가는 모습이 귀엽기만 하다. 잠시 집이 온통 먼지 속에 휩싸여도 그렇게 행복해 보일 수가 없다. 양우리에 가득한 양들을 보니 집에 활기가 넘친다. 집 뒤로 붉은 해가 기울어가는 곳에 양들이 하루의 안식처를 스스로 찾아오는 것이 대견스럽기도 하다. 동물들은 모두 자기 집을 알고 찾아오는 귀소 본능을 다 가지고 있는가 보다.

양들의 울음소리도 '음~매' 소리만이 있는 것이 아니다. '구르륵~' 소리를 내기도 하고 '으헤헤~ 으흥~ '등 각양각색의 소리가 들린다.

우리 안에 들어간 양들은 어미와 어린 양이 서로 울음을 신호로 찾는다. 젖을 먹으려는 새끼양이나 젖을 내주고 있는 어미양은 이제 안심인 듯 울음소리가 잦아든다.

양들은 오늘의 산책을 끝내고 모두가 앉아버렸다.

조금 있으니 소들도 집을 찾아온다. 삼십 두의 소가 천천히 걸어오는 모습도 늠름하기까지 하다. 어린 송아지 세 마리도 맨 뒤에서 어미를 따라 걸어온다. 몇 마리의 소가 음식 냄새를 맡고는 집으로 들어오려 하고 있다.

두 마리의 개가 여기가 아니라고 집 뒤에 있는 소우리로 내쫓는다. 동물들의 세계에서도 행동하는 영역이 있고 살아가는 질서가 있다는 것을 느낀다. 아직은 낯설어 개를 두려워하고 있지만 며칠 지나면 친해질 것이다. 개들이 양을 몰고 오는 것을 보니 너무도 영리하다.

샤오판 아버지가 오토바이에서 내려 다리를 절며 걸어오고 있다. 나중에 알았지만 신경통을 앓았다고 한다.

나의 아버지도 그랬다.

신경통을 앓아 다리 한쪽이 조금 가늘다. 한국 전쟁 당시 인민군이 아버지를 데리고 가려고 했다. 아버지는 잠시 꾀를 내어 배에 쑥뜸질을 하고 다리를 보이며 건강이 좋아지면 가겠다고 하면서 위기를 피했다고 한다. 그러지 않았다면 내가 태어나지 않았을지도 모른다. 전쟁이 남기고 간 슬픈 이야기다.

양들과 소들이 모두 돌아온 뒤에야 우리는 저녁식사 준비를 한다. 모홍리도 자기 집인 양 알아서 주방 일을 돕는다. 약간의 부산함이 어느새 음식을 만들어 놓았다.

생파를 간장에 찍어 먹고 '고수'라고 하는 향채를 생것으로 먹어도 여럿이 함께 식사를 한다는 것은 즐겁다. 알고 보니 울타리 옆에 자그마한 텃밭이 있어 대파, 향채, 가지 등을 심어 놓았다.

짭짤하게 삶은 계란이나 냇가에서 잡은 물고기도 절여 식단에 오르니 단백질을 보충하는 데도 그만이다. 게다가 오리 알을 짜게 삶은 것도 한 사람당 하나씩 제공받는다. 집 옆의 작은 울타리 안에도 오리 네 마리가 길러지고 있다.

도심의 각박한 생활 속에서 벗어난 느낌만으로도 좋았다. 사람이 많이 사는 곳에서는 서로 어울려 사는 듯이 보이지만, 사실은 서로가 이해에 부딪혀 사는 경우가 허다하다.

식사를 하면서 그들은 지난겨울에도 물어왔던 나의 가족에 대해서 또 물어오기도 했다. 가족사진을 보여주며 말했다. 아내는 예전에 피아노 학원을 운영했고, 아들은 지금 서울에서 회사에 근무한다고 했다. 딸은 병원에서 일을 하고, 나는 여기서 이렇게 노는 일을 한다고 했다.

그들은 나의 말을 듣고 한참을 웃었다. 그들은 부러운 듯이 행복해 보인다고 했다. 올해 시월에는 딸이 결혼을 하기 때문에 귀국

하면 한동안 바쁠 거라고 하니 모두들 축하한다고 한다.

그렇다. 욕심을 내지 않는다면 부족할 것도 없는 생활이다. 우리가 늘 살아가면서 생활에 불만을 갖는 것은 가진 것에 대한 만족보다 가지지 않은 것에 대한 부족함에 더 갈증을 느끼기 때문이다. 다시 사진 속에서 누가 제일 멋져 보이냐며 나를 가리키고 있으니 그들은 맞는다고 하면서 또 웃었다. 잠시나마 더위를 잊었다.

나는 이곳 초원에 있는 집들도 주소가 있느냐고 물었다. 그러면서 편지를 보낸다면 받아볼 수 있는지도 궁금했다. 주소가 있기는 하지만 요즈음에는 통신기기의 발달로 모두 핸드폰으로 서로 연락을 하며 지낸다고 한다.

이곳은 지도상에 아주 작게 표시되어있는 바옌원뚜어얼(巴彦溫多尔)이라고 한다. 더 정확히 말한다면 이곳이 바이니타라(白泥塔拉)라는 곳으로 우리나라 행정구역상 최소 단위인 '리(里)'나 '골'정도에 해당된다. 마을도 사람도 없는 곳에 주소가 전혀 필요할 것 같지가 않았다.

어둠이 내리니 초승달이 베이얼호 방향에서 떠올랐다. 숙소인 텐트로 돌아오는 길에 한 마리의 개가 배웅하듯 뒤를 따라왔다. 은근히 무섭기도 했지만 모르는 체했다. 개는 나의 숙소까지 와서 잠시 있다가 돌아갔다.

잠을 자는데 풀벌레가 슬금슬금 몸 안으로 들어온다. 나무 둥지의 새들은 아직도 울음을 그치지 않고 있다. 비가 많이 내려 대초원을 이루었다면 참으로 아름다운 대평원일 거라는 생각이 스쳐간다.

밤이 되니 시원하다기보다 추위를 느낀다. 늘 준비하여 가지고 다니는 침낭을 꺼내 덮었다. 장시간 차를 타고 온 피로를 잊고자 일찍 잠자리에 들었다.

02

베이얼에서의 나흘

날이 밝았다.

눈부신 햇살과 새소리가 나를 깨웠다.

아침 일찍 모홍리가 찾아와 간밤의 잠자리 걱정을 하면서 감기약을 달라고 한다. 샤오판 아버지가 몸살을 앓고 있다고 한다. 늘 가지고 다니는 판피린 물약을 두 병 주었다.

집에 들어가니 음~매 소리가 요란하게 들린다. 양들이 아직 양우리에 있다. 어디선가 여러 젊은이들이 와서 양털을 깎고 있었다. 양들은 안 붙들리려고 안간힘을 쓰지만 뒷다리가 잡힌 양들은 결국 사람의 힘에 제압당하고 만다. 옆으로 누워있는 양들도 전혀 아파하지 않을 정도로 털만 깎아내는 기술이 참으로 신기했다.

능숙한 그들을 보면서 묵직한 가위를 들고 경험 삼아 해보려 했지만 양의 살을 상하게 할까봐 겁이 난다. 게다가 서투른 솜씨에 잘 깎이지도 않아 주위의 웃음거리만 되고 말았다. 그들의 양털 깎는 기술은 참으로 놀라웠다. 한 마리의 양털을 깎는 시간이 10분도 채 걸리지 않는 것 같다.

다른 사람의 기술을 대수롭지 않게 여겨 과소평가하며 말하는 사람들을 가끔 만난다. 그런 사람일수록 자세히 들여다보면 그가 할 수 있는 능력이 그리 많지 않다. 작은 일이라도 오랜 기간에 걸쳐 경험한 사람들은 다른 사람보다 더욱 탁월한 능력을 보인다.

많은 양들은 털깎기가 끝나자 우리를 벗어나 어디론가 떠났다. 샤오판도 벌써 트럭을 수리하는 베이얼 마을의 수리 센터에 다녀왔지만 아직 수리가 안 되었다고 한다.

양털을 깎으면서 궁금한 것이 있었다. 룽장에서 겨울에 양을 보았을 때는 양의 털이 옅은 갈색을 띠었는데 지금은 양털의 색깔이 하얗게 변해 있다. 샤오판에게 품종이 다르냐고 물었다. 그는 여름에는 푸른 초원에서 생활하기 때문에 양의 몸이 하얗고, 초지가 없는 겨울에는 흙과 함께 생활하기 때문에 털이 흑갈색을 띤다고 한다.

마당에서는 여자들이 아침 식사 준비로 바쁘다.

땔감 나무를 아끼느라고 가급적 집 앞에 쌓아놓은 소똥을 땔감으로 하여 밥을 짓는다. 초원에서 가축들과 함께 살아가는 유목민들의 생활은 늘 이렇다. 그리고 물은 집에서 50미터 정도 떨어진 곳에서 샘물을 길어온다. 내가 도울 수 있는 일이 이것밖에 없다 하고 물을 길어오는 일은 내가 도맡았다.

샘물은 7미터 정도의 지하수인데 얼마나 차가운지 더운 오후에도 샘물에 10초 이상 손을 담글 수 없을 정도다. 우리가 흔히 말하는 두레박은 40센티 정도의 길이로 굵은 대나무 모양의 양철로 만들어져 있다. 밑 부분이 밸브처럼 되어 있어 샘물에 담그면 물이 가득 차오른다.

퍼 올리는 동안에는 물의 무게로 인하여 밸브가 열리지 않는다. 별것은 아니나 처음 보는 것이라 신기하기만 하다. 물을 담을 물통도 페인트 통으로 사용된 통을 버리지 않고 사용한다. 물을 담은 통을 외발 리어카에 싣고 오는 것도 쉽지 않았다.

트랙터를 만지던 샤오판 이모부가 갑자기 트랙터의 배터리가 방전되어 시동이 안 걸린다고 한다. 샤오판 아버지가 오토바이를 타고 어디론가 다녀와 선을 연결하여 간신히 배터리를 충전시킬 수 있었다. 아무것도 보이지 않는 허허벌판에서 그들은 어떤 문제도 다 해결할 수 있는 능력을 가지고 있는 듯하다.

식사를 마치고는 양떼와 소들이 알아서 먹이를 찾다가 저녁에 돌아올 때까지 특별히 하는 일은 없다. 텐트로 돌아오니 기러기도 날고 우얼쒼허 건너편 풀숲에는 야생 오리가 알을 낳았는지 떠날 줄을 모른다.

더운 오후에는 냇가에 들어가 물놀이를 즐긴다. 깊은 곳은 물이 가슴까지 와서 수영을 즐길 수 있고, 얕은 곳은 무릎까지 와 앉아서 놀 수가 있다. 특히 밑바닥이 가늘고 부드러운 모래로 되어 있어 더욱 물놀이하기에 좋았다.

물놀이를 즐기고 있는 동안에 샤오판 아버지가 오토바이를 타고 양떼를 보고 오기도 하고 샤오판 이모부도 말을 타고 다녀오기도 했다. 소와 양들이 떠나고 특별한 일이 없는 낮에는 더위를 피하기 위해 온 식구가 이 나무 그늘을 찾는다.

늦은 오후쯤에는 양떼를 보고 온 56세의 샤오판 이모부가 냇가에 들어가 저녁 반찬거리로 물속에 던져진 그들을 올려 고기를 건져온다. 물고기는 피라미, 붕어 그리고 큰 메기도 잡힌다. 30센티도 넘는 매기를 잡기도 했는데 손으로 만지니 끈적끈적한 액체가 손에 붙어 한동안 물에 씻어도 떨어지지 않았다. 길게 만들어진 통그물을 한 번만 건져 올려도 우리 모두의 한 끼 식사로 충분하다.

어린 시절 고향 속리산 냇가에서 물고기를 잡았던 기억이 있다. 그 당시 형태는 매기와 비슷하며 턱에 수염을 달고 있는 누런색의 '틍바우'라고 부르던 고기가 있는데 이 고기를 잡다가 물렸는지 고기의 날카로운 지느러미에 찔렸는지 상처 난 손가락 부분이 무척 아프고 새까맣게 된 적이 있다. 이후로 놀란 나머지 미꾸라지도 무서워 만지기를 두려워했을 정도다.

작은 거북이도 그물망에 걸려있는 것을 보고 다시 물속에 넣어 주기도 했다. 아무것도 없어 보이면서도 또한 부족한 것도 없어 보인다. 가끔씩 오토바이를 탄 젊은이가 자신의 가축을 찾는지 어디선가 와서 기웃거리다 갈 뿐 언제나 조용하기만 하다.

우스운 일이 있었다.

물고기를 잡아 냇가에서 요리를 하는데 나에게 집에 가서 광주리와 소금을 가져오라고 한다. 집에 들어가니 샤오판 이모가 마침 방에서 티비를 보고 있다. 나는 샤오판 이모에게 소금을 가지러 왔다고 말했더니 소금이란 말을 알아듣지 못한다.

음식을 만드는 재료로 짠 것이라는 부연 설명까지 했지만 빵을 내놓거나 담배를 주거나 했다. 도저히 말이 안 통하여 다시 돌아가 샤오판의 사촌동생을 보냈더니 바로 가지고 왔다.

그동안 중국 여행을 하면서 소금이란 말을 못 알아듣는 사람을 처음 보았다. 내가 아무리 발음이 안 좋다고 해도 설명까지 하였는데도 이런 상황을 겪었다. 저녁에 이 이야기를 했더니 모두 샤오판 이모가 이해력이 부족했다고 한다. 나의 위신이 그나마 자리를 잡은 느낌이었다.

저녁에는 갈매기와 백로도 이곳을 스쳐간다. 아마 베이얼호에서 서식하면서 잠시 먹이를 찾아 다녀가는가 보다. 이렇게 하루를 보내는 시간은 여유롭기만 하다.

저녁에는 샤오판 부부가 텐트를 가지고 왔고 모홍리와 샤오판 동생은 술을 가지고 왔다. 우얼쉰허의 흘러가는 물을 바라보며 우리는 술을 마시면서 많은 이야기를 나누었다. 가끔씩 노래도 불렀다. 샤오판은 알 수 없는 중국 노래를 불렀고, 모홍리는 베이지촌 흑룡강변에서 불렀던 '예리아 뉘랑'이란 노래를 불렀다. 나는 이곳의 분위기에 맞는 '물새우는 강언덕'이란 노래로 답했다.

밤이 깊어 가는 줄 몰랐다.

아침에 양우리를 찾아갔더니 어느새 양들은 먹이를 찾아 떠나고 없다. 이번에는 트럭을 수리하는 베이얼 마을로 나도 동행을 했다. 가는 길에 국경 수비대 초소에서 간단히 검문을 받기도 했지만 내가 말하지 않는 이상에야 외국인이라는 것을 알 리가 없다. 이곳에 외국인이 오리라고 생각조차 하지 않을 곳이기 때문이다.

초소에서는 대여섯 명의 군인들이 농구를 즐기고 있고, 한가롭게 철봉에 매달려 있기도 하다.

베이얼 마을에 도착하여 집에서 필요한 생필품도 구입했다. 이곳에서 가장 귀한 생필품은 단연 광천수라는 물이다. 화장지서부터 샤오판 아버지와 샤오판 이모부가 식사 때마다 즐겨 마시는 고량주와 맥주, 샤오판 어머니와 샤오판 이모가 즐겨 먹는 빵과 과자 그리고 다량의 라면과 담배도 챙겼다. 슈퍼를 나올 때 아이스크림을 사서 샤오판에게 주면서 나만 먹으려 생각하니 마음이 아파서 두 개를 샀다고 했더니 표현이 너무 애절했는지 웃음을 그치지 않는다.

차 수리점에서 한참을 기다렸지만 오늘도 수리는 안 될 것 같아 돌아오는 길에 베이얼 호수를 보려고 서둘렀다. 하지만 군인들의 통제 하에 개방이 허용된 날이 아니고는 볼 수가 없다. 돌아올 때는 군인들도 귀찮은 듯이 나오지 않는다. 우리가 바리케이드를 치우고 초소를 지났다.

베이얼호는 대부분 외몽고 지역에 포함된다. 철망 건너편에 나란히 보이는 집들 사이로 여름휴가를 나온 사람들이 오갈 뿐 한산하기만 하다. 외몽고 지역의 철탑 초소에는 사람의 그림자도 보이지 않는다. 한 달 동안 외몽고를 여행한 적이 있었을 때도 군인들이라고는 본 기억이 나지 않을 정도다.

집으로 돌아왔다.

나는 늘 핸드폰을 충전하는 일에 신경을 써야 했다. 이유는 이곳의 생활을 사진으로 남기고자 부족함이 없도록 늘 준비해야 한다. 그런데 다행히도 집에는 태양광 발전기로 전기를 얻고 있다.

초원의 들판을 다니다 보면 이런 태양광 전지판이 넓게 펼쳐진 곳들을 심심찮게 만난다. 그리고 대평원을 이룬 곳에는 풍력 발전기도 세워져 있어 그 풍광이 장관을 이룬다.

내몽고 남부의 어얼뚜어쓰(鄂尔多斯)라는 곳을 여행할 때 칭기즈칸릉을 보면서 우연히 영리회사(英利公司) 사장과 직원들을 만나 사흘을 후한 대접을 받은 적이 있다. 칭기즈칸 왕릉이라고 하면 현지인들은 알아듣지 못한다. 중국인들은 청지스한링(成吉思汗陵)이라고 한다. 그래서 이곳을 찾아 가는데 약간의 해프닝도 있었다.

이들은 혼자 여행하는 나를 데리고 사막과 초원을 구경시켜 주면서 맛있는 양고기도 대접해 주었다. 나는 그들과 헤어지면서 반드시 후한 성의에 보답할 기회가 오기를 바란다고 했다. 직원 한 분이 나를 데리고 직접 회사를 구경시켜 주기도 했다. 바로 이 회사가 태양광 전지판을 만드는 회사다.

핸드폰을 충전하려고 방으로 들어갔다. 티비 보기를 좋아하는 샤오판 이모와 샤오판 부인이 나란히 앉아 있다. 그런데 샤오판 부인이 방안에서 버젓이 담배를 피우고 있다. 그동안 여기까지 오면서 며칠을 지내는 동안 담배를 피우는 것을 보지 못했다. 샤오판 어머니도 한가한 시간을 갖기만 하면 담배를 피운다. 하물며 음식을 만들면서도 담배가 입에 물려 있다.

샤오판 부인은 샤오판 아버지나 샤오판 어머니 누구든 가리지 않고 어른들 앞에서 스스럼없이 담배를 피운다. 아들이 아버지와 같이 담배를 피우는 것은 늘 보아왔지만 이런 상황은 처음 보았다. 여기서 중국을 여행하면서 한 번도 느껴보지 못한 한 가지가 있다.

나는 생각했다.

공자의 '예'는 중국에서 탄생했지만 그 효과는 주변에 미친다. 마치 파도의 진원지는 바다 한가운데지만 그 영향은 하얀 포말로 해안에 미치는 것과 같다. 군주의 힘도 발아래 있어 가까이 있는 신하는 잘 보이지 않지만 저 멀리 살고 있는 백성에게서 잘 보이는 것과 같다.

저녁이 되니 약속이나 한 듯 양들이 돌아오고 소들도 어디선가 나타나 어슬렁어슬렁 발걸음을 옮겨온다.

가냘픈 62세의 샤오판 어머니와 걸음이 불편한 샤오판 이모도 한시도 쉬지 않는다. 오늘도 어김없이 냇가에서 건져 올린 그물망의 고기는 우리의 식단에 올라왔다.

음식을 준비하거나 식사를 하는 장소는 집 앞 마당이다. 점심때에는 우얼쒼허 나무 그들 아래서 소시지와 오이 그리고 간단히 빵 조각으로 배를 채운다. 마당 한가운데에 약간의 먼지가 일고 바람이 식탁을 스쳐가도 우리는 전혀 개의치 않았다. 모두들 새까맣게 그을린 얼굴에서도 함께 식사를 하면서 웃음을 잃지 않고 만찬을 즐긴다.

집안은 양편에 방을 두고 좁은 통로를 지나면 뒤쪽에 부엌이 있다. 부엌은 어둡기 그지없고 먼지가 뒤덮인 자루와 여러 개의 페인트 통들이 어지러이 놓여 있다. 아마 더운 여름을 맞이하고부터는 한동안 사용하지 않은 것 같다. 두 개의 방도 허름한 이불들과 빨지 않은 옷가지들이 여기저기 놓여 있다. 개가 그늘을 찾아 부엌

앞의 통로에 앉아 있으면 방을 드나들기도 통로를 지나다니기도 불편스러울 정도다.

그래도 놀라운 것은 모든 것이 부족하다고 느끼면서도 방에 티비가 있다는 것이 신기할 뿐이다. 한마디로 집안은 공간이 좁기도 하고 누추하기 그지없다. 화장실이나 세면실을 말하는 것은 호사스런 행위에 지나지 않는다. 그저 평원에 엉덩이를 가릴 정도의 풀이 자란 곳이면 전혀 불편함을 느끼지 않는다. 집 뒤에 소우리가 있는 곳이 바로 풀이 자란 화장실이다.

오늘은 샤오판 동생과 함께 자기로 했다. 식사를 마치고 시원한 바람을 맞으며 텐트로 돌아왔다. 이제는 개들도 나를 한 가족인 양 길을 안내하듯 텐트를 오가곤 한다. 샤오판 동생은 특별히 말이 없다. 만저우리에서 올 때도 차 안에서 거의 자는 듯이 침묵으로 일관했다. 술 한 잔도 마시지 않는 샤오판 동생은 어제 저녁에도 말없이 강변만을 바라보고만 있었다. 텐트에서 함께 자면서 그의 생활에 대해 몇 가지를 물었다.

그는 만저우리에서 올해 3월부터 목재 가공 일을 하는데 월급이 삼천 원 정도로 아주 부족하다고 한다. 아버지는 중풍으로 반신의 거동이 불편해 누워계시고, 어머니는 집안 가사 일만 할 뿐이고 누나도 결혼하여 변변찮은 일을 하고 있다고 한다. 그러면서 한국의 직업과 월수입을 묻고는 한국에 가보고 싶다는 생각도 털어놓았다. 이제야 나는 샤오판 동생이 항상 말이 없고 어두운 그림자의 모습을 이해할 수 있었다.

잠시 찬바람과 함께 이슬비를 뿌리고 지나갔다. 초승달이 하늘에 조각배처럼 떠간다. 달빛에 비친 우얼쒼허의 물결이 비단결처럼 출렁이며 흘러간다. 건너편의 메마른 갈대도 바람을 타고 춤을 춘다. 어느 나라 초소인지는 모르나 철탑의 등불이 바다의 등대처럼 갈 길을 말해주는 듯 깜빡거린다. 우리는 냇가에 앉아 이런저런 이야기를 나누며 밤에 우는 새소리를 듣는다. 아름다운 자연의 풍경이다.

아침에 일어나니 양이 새끼를 낳았다고 한다. 새끼가 어디 있느냐고 물었더니 어미를 따라갔다고 한다. 나는 새끼를 낳으면 어미와 함께 두어 한동안 관리가 필요한 줄 알았다. 그런데 갓 태어난 양은 1-2시간이 지나면 걸을 수 있고, 일주일만 지나면 어미를 따라다니는데 전혀 어려움이 없다고 한다. 그동안에는 양우리로 돌아오면 새끼 양을 데리고 있다가 가끔씩 어미에게 젖을 물려주곤 한다. 한 달이 지나면 3-4개월까지 젖과 풀을 함께 먹을 수 있고 그 후로는 독립된 생활로 자신의 먹이를 찾아 초지로 나아간다. 양은 일반적으로 한 마리를 낳지만 어느 때는 두 마리도 낳는다고 하고 드물게는 세 마리도 낳는다고 한다.

나는 사흘이 지난 뒤에야 샘물을 생수로 마셔도 된다는 것을 알았다. 그 후로 물을 길어올 적마다 샘물로 갈증을 풀고 차가운

물로 몸을 적시곤 했다. 그러다 보니 나만 팬티바람으로 돌아다니기도 일쑤였다.

물을 떠가지고 집을 들어올 적마다 잠시 말에게로 가곤 했다. 말은 샤오판 이모부가 일이 없을 때는 태양 볕에 그대로 노출된 채 항상 집 앞 트랙터가 있는 곳에 매여져 있다. 무척 갈증을 느낄 것 같아 물을 주기도 하고 차가운 손으로 등과 목을 어루만져 주기도 했다.

저녁에는 어깨 부위가 햇살에 그을려 따가워 잠을 설치기도 했다. 마데카솔을 발라 보았지만 그리 효과가 있어 보이지 않았다. 이렇게 나흘을 보내는 동안 드디어 오후에 트럭이 수리가 되어 집으로 돌아왔다.

갑자기 모두가 부산하다.

소우리로 만들어 놓았던 목재들을 뜯어 트럭에 싣고 집안의 가구들이 모두 트랙터에 실려진다. 이때까지도 이사를 간다는 사실을 전혀 알지 못했다. 태양광 전지판과 샘물을 뜨는 양철통 두레박까지 실었다. 물론 텃밭에 있는 채소도 거두어들였다. 트랙터 앞부분에 지게차 역할을 하는 곳에는 이동하면서 임시로 설치할 소우리 철망도 얹었다. 조금 남아있는 말이 먹을 건초더미까지 트랙터 구석에 얹었다, 모든 짐을 트럭과 트랙터에 실었다.

말은 초지의 풀이 길게 자라지 못하면 먹을 수 없는 입의 구조를 가지고 있기 때문이다. 말은 위아래로 이가 있지만 양은 위에는 이가 없는 것 같다. 그래서 양은 풀을 뜯을 때 보면 항상 뜯는 순간 고개를 드는 모습을 보인다.

나는 집을 드나들 적마다 말의 목을 가끔씩 쓰다듬고 지나갔다. 그래서인지 이제는 가까이 가도 고개를 다른 곳으로 돌리지 않는다. 손을 말의 코에 대니 더운 날씨만큼이나 뜨겁고 강한 호흡이 내 손길을 스쳐간다. 오늘은 돌아온 소들과 양들이 한 우리에서 밤을 보낸다. 그리고 내일은 양과 소들을 데리고 이동을 한다.

어디로 가느냐고 물으니 이곳은 초지가 가뭄으로 말라 푸른 초지를 찾아 간다는 것이다. 그 초지는 200여㎞ 떨어진 만저우리 근처의 다쓰모(达石莫)라는 곳이다. 얼마나 걸리느냐는 물음에 열흘 정도 걸린다고 한다.

저녁식사로 짭짤하게 만든 전병도 음식으로 준비했다. 옆 오리 울타리에 있는 오리도 잡았다. 모든 것이 이사를 하기 위한 준비다. 잡은 오리의 배속에 알을 갖고 있는 것을 사진에 담기도 했다. 그러면서 샤오판 부인에게 이곳 생활을 글로써 남겨보고 싶다는 말도 전했다. 이후로 나의 말을 들은 샤오판 부인은 특별한 상황이 있으면 사진을 찍으라고 일러주기도 한다.

2년 전 모홍리도 내가 책을 출간한 적이 있다는 말을 듣고는 이랬다.

그러면서 모홍리는 자기가 글을 쓴 것처럼 나를 소개할 때는 글을 쓴 이야기를 자랑스럽게 덧붙이곤 했다.

여행을 하고 경험한 것에 대하여 글을 써본다는 것은 내게 이유가 있었다. 우선 기록으로 남기고자 할 때는 나름대로 확실한 사실을 적어야겠다는 책임감을 가지게 된다. 그렇게 하기 위해서 조금이라도 틀리지 않기 위해 여기저기서 자료를 들춰본다. 이러한 과정을 통하여 경험한 일들이 오래도록 나의 가슴에 남아 있는 것이 매우 마음 뿌듯했다.

중국 사람과 단체로 여행하다 들은 우스갯말이 있다. 여행을 떠나면 '上車睡覺 下車尿尿 見景就照 回家忘掉'라고 한다. 이 말은 '차를 타면 자고 차에서 내리면 소변을 보고 풍경구에 가면 사진만 찍고 집에 오면 다 잊어버린다.'는 뜻이다. 실제로 우리 여행이 늘 이러지는 않았나 생각해 본다.

오늘 저녁에 오리고기로 포식을 하려는가 싶어 농담 삼아 나를 위해 오리를 잡느냐고 하여 모두 웃음을 터트렸다.

샤오판이 다가와 내일 자기 소형차를 몰고 갈 수 있느냐고 다시 묻는다. 그러고 보니 만저우리에서 처음 만났을 때 차를 운전할 줄 아느냐고 여러 번 물은 이유를 이제야 알았다. 사실 이곳을 올 때 사나흘 정도 초원에서 양떼들과 함께 생활하고 돌아갈 생각이었다. 하지만 샤오판이 운전을 할 줄 아느냐고 물었던 것을 보면 그는 이미 초지가 있는 다른 어떤 곳으로 이동을 할 것을 알고 있었던 것이다.

나는 직감했다.

샤오판 아버지와 샤오판 이모부는 오토바이와 말을 타고 양을 몰고 가고, 샤오판은 트럭을 운전하고 동생이 트랙터를 운전하면 차를 운전할 사람이 없다. 나는 밤새 잠을 이루지 못했다. 클러치와 액셀 그리고 기어 변속의 원리를 머릿속으로 수없이 습득했다.

가자! 푸른 초원을 향하여

칠월 첫째 날 우리는 드디어 새벽을 가르며 정들었던 베이얼의 풍경을 뒤로 하고 대장정의 길에 올랐다. 우리 아홉 명이 데리고 가는 재산은 천오백 마리의 양, 삼십 두의 소, 한 필의 흰 말 그리고 두 마리의 검은 개다. 이를 위해 준비한 장비는 임시로 집을 지을 각목들을 실은 트럭, 가재도구를 실은 트랙터, 마지막으로 내가 운전할 소형 자가용이다.

한마디로 천오백 마리의 양과 삼십 마리의 소라는 백성을 데리고 피난길에 나선 것과 다름없었다.

양들과 소들은 샤오판 아버지, 샤오판 어머니, 샤오판 이모부, 샤오판 이모가 데리고 벌써 떠났다. 붉은 태양이 지평선에서 살며시 얼굴을 내밀고 있다. 우리는 식사를 한 후 나중에 출발했다. 어찌면 성서에 나오는 젖과 꿀이 흐르는 가나안 땅을 찾아 떠나는 심정이다.

양들이 다시는 돌아오지 않을 양우리를 보니 갑자기 마음이 허전해진다. 마음만이 허전한 것도 아니다. 쓸쓸해 보이는 텅 빈 양우리에는 그들이 남긴 양털들이 바람에 이리저리 나뒹굴고 있다.

남겨두고 떠나는 집 걱정을 하는 나의 물음에 똥치에 사는 집주인으로부터 일 년 임대료 삼만 원을 주고 초지를 포함해 임대받은 것이라고 한다. 베이얼이라는 지역은 행정구역상 똥치에 속하는 곳이다. 똥치는 신빠얼후여우치라는 현을 약칭으로 부르는 지명이다.

이곳의 소수민족인 몽고족이 말하는 지명을 줄인 것이다. 지명 이름이 조금 길다 싶으면 모두 이렇게 두 글자로 약칭을 사용한다. 몽고족도 이제는 편리하게 약칭을 말하고 있다.

트럭과 트랙터를 남겨두고 자가용을 몰고 먼저 출발했다.

자가용에는 양을 몰고 앞서간 부모님들의 아침식사가 가득 실려 있다. 즉 먹을거리는 모두 자가용에 실려져 있다.

가끔씩 클러치를 살짝 밟아 시동이 꺼지고, 급하게 가려다 다시 덜컹거리며 멈추기를 여러 번 했다. 매일 평균 20㎞는 가야 한다. 가도 가도 만족할만한 초지는 보이지 않는다. 오히려 모두가 황색의 황량하고 메마른 대지만 보이니 길도 잘 보이지 않는다. 게다가 강한 햇살을 마주 보며 가는 방향이라 더욱 그렇다.

앞서간 양들이 보인다.

새벽길을 나선 양들이 10㎞ 이상을 걸어왔다. 천오백 마리의 양의 무리가 걸어가는 모습을 이렇게 가까이서 보는 일은 처음이다. 하얀 먼지를 일으키며 걸어가고 있는 양들을 보고 있으니 전쟁터의 피난길을 가고 있는 느낌이 들기도 했다. 나도 양들과 함께 걷고 싶었지만 차를 운전할 사람이 없다.

샤오판 부인은 양을 앞질러 가라고 한다. 말을 타고 양을 몰고 가는 샤오판 이모부의 모습이 여유롭기만 하다. 집 울타리에 매어둔 말을 타고 잠시 포즈를 취했던 나의 모습과는 너무 대조적이다.

얼마쯤 가서 차를 멈추어 식사를 준비했다. 곧이어 양떼를 몰고 온 부모님과 이모부 이모 그리고 트럭과 트랙터를 몰고 온 샤오판과 샤오판 동생이 함께했다. 아홉 명은 이제 매일 이렇게 아침을 먹을 것이다. 모홍리는 가끔씩 수석 친구들에게서 오는 전화를 받느라고 바쁘다. 그러면서도 이곳의 환경이나 생활에 대해서 나에게 소개해 주는 것도 게을리 하지 않았다.

샤오판 부인이 멈춘 곳은 그나마 양들이 먹을 풀이 있는 곳을 알아서 선택한 것이다. 부모님들은 트럭이 멈춰진 그늘 아래서 식사를 한다. 식사라기보다 한 끼를 때운다는 표현이 더 맞을지도 모른다. 슈퍼에서 산 라면으로 간단히 배를 채웠다.

만저우리를 올 때 기차 안에서도 승객들은 점심으로 대부분 라면과 빵으로 식사를 했다. 그런데 모홍리는 라면은 방부제 처리가 된 인스턴트 음식이라며 자신이 준비한 옥수수 전병을 채소와 둘둘 말아서 김밥처럼 내게 주었다. 나의 건강을 무척 염려해서 만들어 준 것이지만 나는 그들이 먹는 라면이 무척 먹고 싶었다. 오늘 아침에 이렇게 맛있게 라면을 먹었다. 우리가 먹고 남은 음식은 먹을 적마다 바라보며 기다리는 두 마리 개의 몫이다.

다시 길을 떠난다.

내가 운전하는 차가 앞서 가서 물가가 있는가를 확인하기도 하고, 그나마 초지가 있다 싶으면 그곳에서 점심을 먹을 것이다. 양과 소들은 걷고 또 걸었다. 하얀 먼지가 저 멀리 피어오르면 양들이 오고 있다는 것을 이제는 알 수 있다. 가끔씩 걸음이 늦어 뒤처지면 개들이 다가가 갈 길을 재촉한다. 샤오판 어머니가 데리고 오는 송아지 세 마리가 제일 뒤쳐져 있다.

해가 중천에서 대지를 향해 열기를 내뿜는 것을 눈으로도 느낄 수 있을 정도다. 이렇게 한참을 걷다가 태양볕이 따가울 때가 점심 시간이다. 점심은 녹두죽, 녹두탕 그리고 어제 만든 전병, 구운 오리, 소시지다. 아침은 그런대로 서늘하여 좋지만 오후에는 더운 날씨에 식사를 한다는 것이 여간 불편하지가 않다. 정오에 내리쬐는 태양볕에 그늘이 눈에 보이지 않는다. 양들도 지치는 모양이다. 맨 뒤에 처진 갓 태어난 새끼양이 유독 자주 눈에 들어온다.

그나마 다행인 것은 점심을 먹는 시간은 양들도 오수를 즐긴다. 이때는 양들도 한두 시간의 휴식을 갖는다. 들판에 누워 쉬고 있는 양들을 보면 마냥 평화로워 보인다. 더운 날씨인데도 양들은 서로 몸을 비벼대어 뭉게구름마냥 덩어리를 만든다.

샤오판과 샤오판 어머니 샤오판 이모가 어디론가 가고 있다. 저 멀리 언덕에 아오바오가 눈에 들어온다. 나도 그들을 따라 걸었다. 아오바오에 도착하여 그들은 오색 천으로 둘러쳐진 나뭇단으로 만든 언덕 위의 탑을 돌고 있다. 그들은 손으로 오색 천을 쓰다듬듯 하면서 지나간다. 오색 천에는 티베트에서 본 '룽다'와 같은 것처럼 천에 작은 글씨들이 쓰여 있다.

아마 우리가 이동하는 동안에 아무 탈 없이 잘 갈 수 있도록 기원하는 작은 소망을 담았을 거라고 생각된다. 사람은 만물의 영장이란 말을 들으면서도 한없이 약한 존재일는지도 모른다. 그래서 신비한 물건에 스스로 영험함을 만들어주어 거기에 자신의 안녕을 바란다. 동양의 토테미즘이 바로 그렇다.

아오바오에서 바라본 대지는 강한 햇살에 이글거린다. 저 멀리 양떼무리가 둥그런 원을 그리며 한가롭게 돌아다니고 있다. 마치 대지 위를 나부끼는 흰 깃발 같기도 하고, 초겨울 흩뿌려진 싸라기눈이 나뒹구는 것 같기도 하다.

아오바오를 내려와 양들을 데리고 다시 길을 떠났다. 가는 길에 조금 멀리 냇가의 작은 나무들이 있는 풀숲을 보았다. 그곳에 콘테이너 박스로 지어진 작은 집이 하나 있다. 잠시 그늘을 찾아 쉬려고 가까이 다가갔다. 갑자기 대여섯 마리의 개가 짖어대며 달려나오고 있다. 멈추어 돌아가려 하는데 우리 개 두 마리가 와서 같이 짖어대며 대응을 하고 있다. 이곳 양을 기르는 집들은 대부분 개들을 키운다. 몸집도 여간 크지 않다. 낯선 사람에게는 금방이라도 달려들 것만 같았다. 우리 개가 더 용맹스러워 보인다.

샤오판에게 이제야 개의 이름을 물어보았다. 한 마리는 양을 관리한다고 해서 '양꽌(羊管)'이라하고 한 마리는 평범한 이름의 '샤오헤이(小黑)'라고 부른다고 한다.

오후가 되니 목이 마른다. 물을 아무리 마셔도 소변이 마렵지 않다. 입술이 건조한 바람에 바싹 마르니 물의 소중함을 새삼 느끼는 피난길이다. 풀이 없으니 더욱 바람이 건조하다.

우얼쒼허가 흐르는 냇가를 만났다. 이곳에서 양들은 잠시 멈추었다. 양들이 물을 마시고 떠난 자리에서 옷을 벗고 물속으로 뛰어들었다. 면도도 하고 머리도 감았다. 이렇게 양들을 데리고 가다보면 언제 이렇게 세수를 할 수 있는 곳이 있을지 알 수가 없다.

냇가 건너편에서도 한 무리의 소떼가 물을 건너오고 있다. 하늘에는 하얀 뭉게구름이 두둥실 떠가고 냇가 주변의 풀숲에서는 소들이 산책하는 아름다운 풍경이다.

나중에 알았지만 떠나기 전날 어미 소가 송아지를 낳았는데 난산(難産)으로 새끼소가 애석하게도 죽었다는 것이다. 살았으면 풀숲을 산책하는 저 소들처럼 냇가를 오가며 어미 품에서 행복한 생활을 하고 지낼 것이라는 생각도 스쳐 간다.

샤오판 이모부가 말에게 물을 먹이고 잠시 쉬는 동안에 팬티만 입은 채로 말을 타고 양떼몰이를 하는 포즈도 담아 보았다.

다시 또 길을 떠난다.

시원한 냇가에서 더 머물지 못하는 것이 아쉽기만 하다. 양들의 걸음이 잠시 가뿐해 보인다. 이럴 때는 양의 엉덩이에 있는 원형판의 꼬리가 더욱 펄럭거리는 모습이 귀엽기만 하다. 양들이 넓게 패인 구덩이가 있는 곳을 지날 때면 하얀 물결이 출렁이고, 비단 천이 춤을 추는 느낌을 준다.

나는 샤오판 부인과 차를 타고 가면서 혼자 흥얼거리듯 한국 전통 가요인 '아리랑'이란 노래도 불렀다. 함께 타고 오던 모홍리는 양 떼몰이에 나섰다. 그녀는 무엇이든 자기 일처럼 늘 앞장서듯 적극적으로 한다. 내가 없었으면 운전을 누가 했겠느냐고 샤오판 부인에게 물으니 사람을 구해야만 할 수밖에 없다고 한다. 우스갯소리로 나도 하루 일한 수고료를 달라고 했다. 여하튼 가끔씩 시동도 멈추지만 나도 한몫 한다는 자부심이 생긴다.

샤오판 부인은 길을 가면서 웅덩이나 모래 둔덕이 있으면 미리 알려주곤 한다. 그러면서 우리는 이런저런 이야기를 나누었다.

샤오판 부인은 부모님이 일찍 돌아가시고 팔 남매 중 막내로 오빠 언니들은 모두 멀리 떨어져 살고 있다고 한다.

고등학교 2학년 아들을 둔 그녀는 평범한 가정주부와 별반 다름이 없다. 하지만 부업의 형태로 집에 작은 공간을 가지고 슈퍼처럼 물건을 팔기도 하고 저녁이면 음식을 만들어 파는 식당을 운영하고 있다. 여기 와 있는 동안 잠시 영업을 중단하고 있지만 만저우리로 돌아가면 언제든 그 일을 해야 한다고 한다.

나도 열 명 중 막내로 내가 태어나기 전 한국 전쟁으로 인하여 형과 누나 다섯이 죽고 다섯 남매만 살았는데 지금은 누님과 형님 그리고 나 셋이라고 하면서 막내둥이의 동질감을 부각시키기도 했다.

잠시 차를 멈추는 곳에서는 나한테 담배를 건넨다. 담배를 피우며 둘이는 차의 그늘이 지는 곳에 앉아 한가롭게 이런저런 이야기를 나누었다. 때로는 서로가 무료할 때는 이야기를 나눌 구실도 만들어 내곤 한다.

나는 양과 소를 키우고 파는 문제에 대해 궁금한 것을 물었다. 양은 시월에 눈이 내릴 때쯤 장사꾼에게 파는데 큰 양은 인민폐로 800원 어린 양은 400원으로 평균 600원 정도에 매매가 된다고 한다. 하지만 어린 양은 가급적 다음 해 다 자랄 때까지 팔지 않는다고 한다. 초지가 안 좋아 양이 살을 찌우지 못하면 그만큼 수입도 줄어든다고 한다. 나는 양의 수가 적으면 값이 오르지 않겠느냐고 말했다. 그녀는 그런 상황에서는 외몽고에서 수입해오면 삼분의 일 가격이므로 목민만 가난하다는 말도 덧붙인다.

맞는 말이다. 우리나라가 배추 파동이 있을 때 값이 너무 오르니까 중국 산동성에서 수입해 온 일이 있었고, 고추 파동이 있었을 때는 저 멀리 태평양 건너 멕시코에서 고추를 들여 온 적이 있다. 이로 인하여 농민들은 농산물의 희소성과 관계없이 소득만 줄어들 뿐이다. 이런 상황을 보면 농산물은 가장 필요한 물건이면서도 존재의 가치는 늘 그렇게 드러나지 않는다.

소는 3-4천 원에 사서 3년을 길러 9천 원 정도에 파는데 양과는 달리 그동안 새끼를 얻는 부수입도 있다고 한다.

이곳 후륜베이얼 지역과 흑룡강성에서 살아가는 사람들은 대부분 1차 산업인 농업 임업 축산을 삶의 터전으로 삼고 있다. 흑룡강성의 광활한 평야지에서는 대부분 벼와 옥수수 콩 그리고 감자를 재배하며 살고 있다. 또 울창한 원시삼림을 이루고 있는 따씽안링 산맥을 따라 많은 목재가 생산되고 있다. 끝으로 아름다운 대평원을 이루고 있는 내몽고 북부에서는 말과 소와 양과 낙타 등의 가축이 살아가는 아름다운 모습을 볼 수 있다.

가을 황금 들판을 끝없이 질주하는 수확기들의 행렬도 보았고, 겨울이면 하루 종일 바쁘게 움직이는 목재소 벌목공의 절단기계 소리도 들었다. 이번 여행에서는 가축을 몰고 초원을 걸어보는 경험을 하고 있다.

나는 농업대학을 졸업하고 농업교사로 직업을 마감했다. 교사 시절 농사를 지어본다는 것이 무척 힘들기도 하고 귀찮아지기까지 했다. 아침에 일어나면 우선 하늘부터 쳐다보았다. 바가 오면 습할까 염려하고 햇빛이 비치면 가물까 걱정했다. 그래서 농사는 사람이 짓는 것이 아니라 하늘이 짓는다고 믿었다. 이렇게 가뭄이 계속되는 날씨가 가축들의 삶도 마냥 힘들게 하고 있다. 친구나 지인들이 할 일 없으면 농사나 짓는다는 말을 할 때마다 나는 그저 웃고 만다.

뒤에 트럭이 따라오고 있다. 트럭에는 샤오판 어머니가 어린 양을 안고 있었다. 늙은 양도 벌써 힘들어 걷지를 못해 트랙터에 태우고 왔다. 어린 양을 가슴에 안으니 손가락을 어미젖인 줄 알고 빨기도 한다. 가축을 기르다 보면 이런 상황에 늘 마음이 아플 것만 같다.

오후 해가 기울어진다.

붉은 해가 뜨기 전에 출발한 우리는 저녁노을이 지는 어둠을 맞이하고서야 멈추었다. 작은 집들이 몇 채 마을을 이루고 있는 곳이다. 하루 목적지인 이 마을의 물이 흐르는 다리에 도착 했다. 양들이 오기 전 철망으로 쉴 수 있는 공간인 우리를 만들어야 한다. 트랙터에서 저녁 식사 준비를 할 주방도구를 내리고 철망을 치고 있었다.

그런데 어디선가 몽고족 할머니가 다가왔다. 기다란 지팡이를 짚고 선 할머니는 자기네 초지라고 하면서 떠나라고 한다. 해가 기울어가는 상황에서 샤오판이 아무리 사정을 해도 소용이 없었다. 양들은 가까이 와 있다.

샤오판 동생이 다리 쪽으로 가서 주변을 살피고 돌아왔다. 다리 건너편에 초지도 있고 아주 조용한 곳이 있다고 말한다. 풀었던 짐을 다시 챙기고는 다리 건너편 쪽으로 향했다. 처음으로 황량한 들판을 벗어나 잠시 도로 주행을 하는 나에게 각별한 부탁을 하지만 오히려 운전은 편했다. 단지 구도로를 운전하는 나는 혹시나 모를 교통경찰이 있을까 두려웠다.

다리를 건너 반대편으로 가니 조금 전보다 훨씬 더 좋은 공간이 나타났다. 양우리를 설치하는 동안 양들은 냇가에서 목을 축이며 기다리고 있다. 이렇게 준비하는 저녁 시간은 바쁘다. 분주하게 양의 우리를 만들었다. 양우리의 철망도 아주 무겁다. 하지만 내가 양을 몰고 가는 열흘 동안 할 유일한 일일지도 모른다. 그리고 우리의 숙소인 텐트도 세웠다.

양을 몰고 오기 전에 샤오판 부인은 소똥을 주우러 다닌다. 트럭에 싣고 다니는 나무 땔감은 가급적 아껴둔다. 오후에 비를 만나면 소똥이 젖어 땔감으로 이용할 수 없을 때 나뭇조각을 사용해야 하기 때문이다.

삽으로 웅덩이를 파고 솥을 걸어 놓는다. 그리고는 상황에 따라 음식을 달리한다. 시간이 없으면 간단한 음식으로 국수나 소시지로 저녁 식사를 준비한다. 양들을 위한 철망 울타리가 처지고 주방도구가 내려지는 동안에도 몽고족의 젊은이들이 오토바이를 타고 이곳을 다녀가곤 했다.

샤오판은 부득이 남의 초지에 머물고자 한다면 하루 임대료 200원 정도를 지불하여 하루를 머물기도 한다고 말한다. 이렇게 초지 주인이 있는 곳은 마음대로 머물 수가 없다. 샤오판은 이 청년들의 비위를 거스르지 않으려고 늘 웃음 띤 얼굴로 그들을 대했다.

걸어오는 양들의 힘겨운 걸음이 안쓰럽기만 하다. 오토바이를 탄 샤오판 아버지와 말을 탄 샤오판 이모부는 두 마리의 개를 데리고 양우리가 쳐질 때까지 주변에서 양들이 풀을 먹도록 관리한다. 개들은 샤오판 아버지가 하는 일을 미리 아는 듯 아주 영리하게 움직이며 양들을 관리한다. 양과 소가 우리에 넣어지고 나서야 식사를 한다. 이때가 저녁 9시를 넘긴다.

04

대지는 이글거리고

붉은 태양이 지평선에 떠오를 때쯤 곤한 잠에서 깨어났다. 날이 밝기도 전에 아니 동이 트기도 전에 양들은 새벽 차가운 공기를 가르며 떠났다. 어디서 왔는지 약간 술에 취한 듯한 몽고족 청년이 나타났다. 그는 샤오판과 몇 마디 이야기를 나누더니 술을 달라하여 금세 아까운 맥주 두병을 마셔 버렸다. 자기 지역의 소개를 의기 있게 하는 그는 어머니에게 배웠다는 전통 몽고 가요를 솜씨 있게 불러댄다. 나도 그의 흥에 맞추어 '아리랑' 노래를 불러 주었다.

건들거리며 걸어가는 그의 뒷모습을 보니 왠지 마음이 아파왔다. 나에게 작은형이 있었다. 작은 형은 참으로 심성이 착했다. 가진 것은 없어도 누구에게라도 늘 베풀려고 했다. 동생인 나에게 '네가 무얼 아느냐'고 하면서 핀잔을 주는 듯이 입버릇처럼 말했어도 무척 나에게 자상하게 대해 주었다. 그런데 작은 형이 술을 좋아하여 끝내 술로 일찍 세상을 떠났다. 어린 시절 아주 어린 시절 누가 찍어주었는지 모를 형과 함께 찍은 너덜너덜한 자그마한 흑백 사진 한 장이 있다. 여행 할 때면 꼭 어머니 사진과 함께 늘 여권 속에 넣어가지고 다닌다. 신분증을 꺼낼 적마다 잠시 어머니와 작은형을 생각하면서 여행의 안전을 마음속으로 당부한다. 오늘이 젊은이의 뒷모습에서 형의 그리움이 눈물과 함께 스쳐간다.

길을 떠난다.

양들이 떠난 자리에는 어지럽게 놓여진 잡다한 주방 도구들만이 남았다. 이 짐들이 차곡차곡 트랙터에 정리되어 실려지는 시간은 그리 길지 않다. 양우리를 세웠다 뜯었다 하는 것은 쉬운 일이 아니다. 양우리의 크기는 농구 코트장 정도의 넓이다. 이 공간에 천오백 마리의 양이 모두 들어가는 것도 신기하다.

샤오판과 그의 동생은 익숙한 작업인 양 아주 노련하게 짐을 정리한다. 그들이 두 번 움직일 때 나는 서툰 솜씨로 한번 왔다 갔다를 한다. 게다가 나는 힘들면 잠시 쉬어도 되겠지만 샤오판과 그의 동생은 그렇게 할 수가 없다.

책임이 있느냐 없느냐에 따라 일에 대한 정신적 의지와 스트레스를 받는 정도가 다르다. 우리나라에서 매년 노사 갈등으로 회사에서 많은 고통을 겪는다.

노동자는 임금을 올려달라고 하고 사업주는 임금 상승으로 인한 사업체의 손실을 두고 충돌한다. 예전에 '춘투'라는 이름으로 아주 관습처럼 행해진 노동자의 투쟁이 그 역사로 남을 정도다. 사업주가 자기 직원을 아무리 사랑해도 사업체만큼 사랑하지 않을 것이며 노동자 역시 사업체를 아무리 사랑해도 임금의 보장만큼 사업체를 아끼지 않는다.

나는 이런 현상을 보며 책임이 그것을 해결해 줄 수 있다고 생각한 적이 있었다. 사업주는 노동자들을 가족처럼 생각하며 돌보아야 할 책임을 갖고, 노동자는 사업체를 자신의 것인 양 책임 있게 행동한다면 가능하지 않을까 여겨진다.

환상적인 이야기일까?

철망이 거두어지고 모든 짐이 트랙터에 실려졌다. 어제와 마찬가지로 이렇게 열흘을 간다고 생각하니 기가 막힐 정도다. 특히 샤오판 어머니와 샤오판 이모는 거의 하루 종일 걷는다. 몸도 약해보이는 샤오판 어머니는 잠시도 쉬지 않고 저녁이 되면 식사 준비에도 바삐 손을 움직인다. 샤오판 이모 역시 불편한 걸음으로 마지막 개 밥 주는 것까지 꼭 챙기곤 한다.

간단히 식사를 하고 출발했다.

샤오판 동생이 오더니 햇살에 팔뚝의 피부가 물집이 생겼다면서 약이 있는가 물어왔다, 효과가 있을지는 모르지만 새까맣게 그을린 피부에 마데카솔을 발라 주었다. 어느새 이 가족의 주치의가 된 기분이다.

양떼를 지나 길을 가다가 또 아오바오를 보았다. 샤오판 부인은 멀리 보이는 아오바오를 향해 걸어갔다. 몇 바퀴 돌고 돌아오는데 5전짜리 지폐를 몇 장 들고 있다. 몽고족들이 헌금으로 남기고 간 돈이라고 한다.

종교가 있느냐고 물으니 천주교라고 한다. 그러면서 주머니에 있는 묵주와 조수석 뒤에 넣어둔 작은 액자를 보여준다. 마리아와 요셉 그리고 아기 예수의 사진이다. 만저우리에 천주교당이 하나 있는데 신자가 꽤 많다고 한다.

잠시 의아해하면서 나도 천주교를 믿는다고 했다. 처음 교직 생활을 충북 제천에서 했다. 제천은 충북이면서도 천주교는 청주교구가 아니라 원주교구에 속한다.

어쩌다 강원도 풍수원에서 꾸르실료 교육까지 받았다. 내가 알기로는 신자가 받을 수 있는 최고의 교육이라고 한다. 이 때 나는 정말 그리스도의 환영을 보았다. 그 당시 내게 심어진 신앙의 깊이는 지금도 줄어들지 않는다.

언젠가 이렇게 여행을 좋아하고부터는 냉담자로 분류되고 있지만 어디 가서도 늘 천주교의 성모마리아를 사랑한다고 말한다.

갑자기 부산스러워진다.

다른 집 소떼가 나타났다는 것이다. 우리 소들과 섞이면 분간해내기가 어렵고, 분리하여 데리고 나오기도 어렵다고 한다. 온 식구가 다른 집의 소들이 가는 방향을 바라보며 경계를 게을리 하지 않았다. 오토바이를 탄 샤오판 아버지를 따라 개들도 다른 집의 방목된 소를 우리 구역에서 더더욱 밀어낸다.

다행히 일은 잘 마무리 되었다.

앞서 가서 차를 세우면 양들은 금세 뒤를 따라온다. 따가운 햇살을 받으며 우리는 또 길을 간다. 나의 피부는 이제 햇살 아래 그슬려지고 이들처럼 검어지기 시작했다. 어차피 세파에 그슬려진 인생과 별반 다를 바 없다고 스스로 위안을 가져본다.

광천수를 마셔도 이내 목은 말라가고 있다. 잠시라도 구름이 태양을 가리면 그나마 시원하지만 비가 내리지 않아 안타깝기만 하다.

우리는 우얼쒼허의 주변을 따라 북으로 북으로 향하고 있다. 갑자기 베이얼에서 지냈던 나흘간의 시간이 또 그리워지기도 한다. 양들의 걸음이 흩어졌다 모였다 하면서 대지 위에 갖가지 형상을 그리면서 지나간다. 이럴 때마다 샤오판 어머니와 샤오판 이모는 작은 플라스틱의 광천수병을 끈으로 묶은 막대기로 땅을 치면서 양들의 걸음을 재촉한다.

이동을 하는 행렬에서 항상 뒤처져 가는 것이 소들이다. 양들은 먹을 풀이 없는 곳에서는 걸음을 빨리 하지만 소는 늘 서두르지 않고 걸음이 일정하다. 하지만 양들이 오후에 잠시 휴식을 취하고 있을 때도 소들은 꾸준히 먹을 풀을 찾아다닌다. 그래서 소는 우직하고 끈기 있는 상징의 동물로 인식된다.

흑룡강성 치치하얼 북쪽에 있는 간난(甘南)이란 곳 가까이에 홍십사촌(兴十四村)이란 마을이 있다. 이곳은 흑룡강성에서 가장 발전된 농업 지역으로 농업인들이 연수차 이곳을 많이 찾는다. 이곳의 기념관을 들어서는 입구에 커다란 소의 동상이 세워져 있다. 보기만 해도 마음속에서 힘이 솟구쳐 오를 정도로 위용이 있어 보인다.

늙은 양이 길을 가다가 더위와 피로에 지쳐 주저앉더니 결국 이틀 만에 죽고 말았다. 샤오판 아버지와 이모부는 양의 내장을 꺼내어 개에게 주었다. 이런 슬픈 일이 다시는 없기를 간절히 바랐다. 여행을 하면서 차창가로 보이는 낭만적인 양들의 모습은 어디가고 처절한 삶의 고통만이 눈에 들어오는 느낌이다.

어쩌다 내가 여기에 있게 되었는지 그리고 이런 생활을 경험하게 되리라고 생각조차 해보지 않았다. 머지않은 세월에 반드시 다가올 나의 운명인지도 모른다.

지난겨울 온통 대지는 눈으로 덮여 있었다. 아침이면 양들은 눈 덮인 들판으로 내몰렸다. 양들은 주둥이를 눈 속에 집어넣으며 썩어가는 농작물의 잎사귀들을 찾아 다녔다. 양우리로 돌아오면 그나마 따뜻한 칸막이 공간은 임신을 한 어미 양만이 차지한다.

이때도 저장해 둔 사료가 부족하면 도시 근교의 사료가 충분히 있는 곳으로 이사를 간다. 차마 이것도 여의치 않을 때는 양의 수를 줄이는 수밖에 방법이 없다.

동토의 땅 후룬베이얼 중심도시인 하이라얼 근교에 있는 이민(伊敏)이란 곳에서 사흘을 지낸 적이 있다. 찬바람이 살을 에듯 눈 위를 스쳐가는 추위 속에서 양들이 지내고 있는 양우리를 보았다. 밤이 되면 간신히 바람막이에 의지하여 서로의 몸을 부비면서 온기를 나누며 잠을 잔다. 봄이 오기까지는 아직 멀었지만 먹일 건초더미는 그렇게 많지 않았다.

양 주인은 봄이 올 때까지 양들을 가까운 훼이쑤무(輝苏木)라는 곳으로 옮겨야 한다고 한다. 그곳은 물이 흐르고 있어 주변에 먹일 풀이 있기 때문이다. 뒷다리가 잡힌 양들은 하나씩 끌려나와 트럭에 실려지고 있다. 어린 양이 두려움에 안 붙들리려고 안으로 안으로 파고 들어가는 모습이 애처롭기만 했다. 슬픈 표정은 나뿐만이 아니다. 양을 실은 트럭이 떠나는 오후에는 눈시울을 훔치고 있는 양 주인 부부의 모습을 보았다. 이렇게 후뤈베이얼 목장주들의 겨울나기는 슬프기만 하다.

몽고의 대제국이 번성하지 못한 것도 자연의 재해가 제일 큰 원인이었다. 기마민족인 그들에게는 말이 전쟁에서 가장 중요한 무기였다. 어느 해 갑자기 눈이 오고 비가 온 뒤 다시 눈이 내리면 말은 대지의 풀을 먹을 수가 없다. 비가 온 뒤에 결빙된 얼음을 녹이기에는 봄이 오는 시간만을 기다려야 하기 때문이다. 이로 인하여 말의 급격한 감소가 전투력에 큰 치명상을 입히기 때문이다.

가끔씩 오토마이를 탄 몽고족 젊은 청년들이 내게 길을 묻고 가기도 한다. 이제는 이곳의 지리도 어느 정도 익숙해지기 시작했다.

갑자기 모홍리와 샤오판 부인이 뭔가 의견이 다른지 큰소리가 오간다. 영문도 모르는 나는 아무 말도 못하고 운전에만 몰두했다. 모홍리가 양떼들과 같이 가겠다고 하면서 차에서 내렸다. 잠시 어색한 분위기가 흐른다. 양들은 길을 지날 적마다 초지 주인의 홀대를 받으며 진군을 계속하고 있다. 그래도 하얀 먼지를 일으키며 다가올 때는 늠름하기만 하다.

드디어 바오똥(宝东)이란 마을을 10여㎞ 앞둔 곳에 도착했다. 이번에도 다른 집 양떼들이 이동하는지 또 한 번 부산을 떨어야 했다. 먹을 만한 풀이 있다면 숲 속의 샘물에 각종 짐승이 다녀가듯 어디선가 가축들이 나타나곤 한다.

더운 열기 속에서 라면을 끓여 먹었다. 과장해서 말한다면 생수에 라면을 넣어도 물이 끓을 정도로 더운 날씨다. 바오똥 마을의 슈퍼에 들려 그동안 부족했던 생필품을 다시 가득 채웠다.

마을에는 두세 군데 정도의 슈퍼가 있는데 '차오쓰(超市)'라고 쓰여 있다. 슈퍼에는 온갖 생필품과 생활 공구용품 그리고 야채를 비롯한 식료품도 함께 진열되어 있다. 이번에는 다량의 소시지와 오이를 구입했다. 부득이 식사를 거를 때는 이 소시지를 먹곤 한다. 그리고 양떼를 몰고 가면서 배가 고플 때도 오이와 함께 먹으며 배를 채운다.

또 완전 진공 포장된 비닐봉지에 짜게 만들어진 반찬거리도 준비했다. 마지막으로 담배와 저녁이면 늘 한 잔씩 마시는 큰 플라스틱 통에 담겨진 고량주도 샀다. 나는 마을의 슈퍼에 갈 적마다 꼭 따라갔다. 핸드폰으로 고국의 가족과 친구들에게 소식을 전할 수 있는 유일한 와이파이를 사용할 수 있기 때문이다.

슈퍼에서 나와 기름을 넣으려고 주유소에 들렀다. 마당 한가운데서 어미를 따라가는 세 마리의 강아지를 보았다. 나와 모홍리가 강아지를 안고 예뻐하고 있는데 주유소 주인이 한 마리 가져가라고 한다. 무작정 검은 색의 귀여운 한 마리를 안고 차에 올랐다. 강아지를 안고 다시 슈퍼에 들려 우유까지 샀다. 강아지는 내 품에 안겨 잠이 들었다. 이렇게 부지불식간에 어미와 헤어져야 하는 이별을 내 스스로 느껴 보았다. 마음이 편치만은 않았다.

따가운 오후의 햇살 속에서도 강아지의 재롱을 보면서 잠시 더위를 잊었다. 두 마리의 개도 기특하게 가족이 좋아하는 동물은 건드리지 않았다. 개도 갈증을 느끼는지 내가 먹는 물병을 보고 다가왔다. 남은 물을 개한테 주었다.

우리 모두는 트럭의 그림자와 트럭 밑에 누워 두 시간의 취침 시간을 맛보았다.

오늘은 일찍 양우리의 철망을 세웠다. 양이 먹을 초지가 그나마 있는 곳에서 하루를 머물 수 있어 좋았다.

다른 사람의 초지가 있는 곳에는 울타리가 있다. 그러면 철망 울타리를 조금은 절약하여 일손을 덜 수 있어 다행이다. 그리고 소우리도 설치했다. 부득이한 경우가 아니면 따로 우리를 만든다. 소가 누울 때 본의 아니게 양을 상해하기 때문이다.

소우리를 설치하는 것은 힘들지 않다. 소우리 철망은 일정한 간격으로 굵은 철사가 구멍 뚫린 쇠막대에 끼워져 있다. 트랙터의 앞부분에 있는 지게차 역할을 하는 부분에 둘둘 말아서 싣고 다닌다. 설치할 때는 철망을 펴서 망치로 쇠막대를 땅에 꽂기만 하면 된다.

어김없이 양들과 소들은 배를 채운 후 우리로 돌아왔다. 텐트를 설치한 옆에 강아지 보금자리도 마련해 주었다. 양을 몰고 오는 동안에는 늘 나의 호주머니에 있던 강아지다. 어둠이 찾아오니 어느새 초승달이 반달이 되어 평원 위로 떠올랐다.

모홍리가 나를 부르더니 양우리 쪽으로 걸어갔다. 우리는 어둠의 잔디밭에 앉아 이야기를 나누었다. 기차를 타고 오면서도 동북을 함께 여행한 추억이 즐거웠다고 한 그녀다.

그녀는 여기 와서 아오바오를 보고는 치치하얼로 돌아가면 자신이 가지고 있는 수석으로 아오바오를 만들고 싶다고 했다. 이곳 소수민족들의 축제나 공연을 보면 공연장 중심에 이런 아오바오가 상징처럼 만들어진 곳이 있다. 앞으로는 아오바오가 하나의 상품이 되어 공연장의 장소로도 이용될 수도 있다고 한다. 어제 아오바오를 보고 이런 생각을 해보았다고 한다.

나는 그녀의 여러 가지 문제를 잘 모르는 상황에서 잘 생각하고 늘 오빠와 상의해 보고 하라고 했다. 그녀는 멀리 나와 있을 때 일이 생기면 자주 오빠와 연락을 하곤 한다.

나의 딸 결혼에도 많은 관심을 가지고 물어왔다. 한국 전통의 결혼식으로 하느냐고 묻기도 하고, 결혼을 할 때 신랑 신부가 부담해야 하는 혼수에 대해서도 무척 궁금해 한다.

그러자 나도 마침 생각이 났다. 우리 딸이 병원 산부인과에서 일을 하는데 결혼하는 딸의 직업에 걸맞은 글을 오빠에게 부탁하고 싶다고 했다. 그녀는 어렵지 않다고 하면서 생각해 둔 글귀가 있느냐고 한다.

잠시 생각하다가 '多産强國 爲國多產' 등 몇 가지를 말하다가 서로 한참을 웃고 말았다. 요즈음 우리나라가 출산율 저조로 여러 가지 다산(多産) 정책을 펼치고 있기 때문이다. 그러면서 글을 받는데는 내가 요구하는 것이 아니라 써주는 사람이 받는 사람에게 적절한 글을 주는 것을 받는 것이 예의라고 했다.

나는 그녀가 가르쳐준 '후륀베이얼 대초원'이란 노래를 불렀다. 지난겨울에 왔을 때 이 노래를 배우는데 일주일이 걸렸다. 이곳 후륀베이얼 지역에서는 어린 아이도 부를 정도로 인기 있는 노래다. 샤오판이 주변을 산책하다가 나의 노랫소리를 듣고는 아주 잘 부른다고 칭찬을 아끼지 않았다. 오늘 아침에 노래를 부르고 간 몽고족 청년보다 더 잘한다고 능청까지 부린다.

반달이 더욱 하늘 위로 올랐다. 밤이 되니 지평선을 타고 불어오는 바람이 서늘하다. 샤오판이 한 잔의 술이 생각났는가 보다. 소시지와 고량주를 들고 왔다. 샤오판은 한 잔의 술을 기울이면서 불편하고 힘들지 않느냐고 물어왔다. 그러면서 함께 동행하는 나에게 고맙다는 말도 잊지 않았다.

풀벌레가 옷깃을 스치고 가축들의 배변 냄새가 코끝을 스쳐가도 시선(詩仙)이라 불리는 이태백이 부럽지 않은 밤이다.

우리는 하루의 피로를 이렇게 풀면서 잠자리에 들었다.

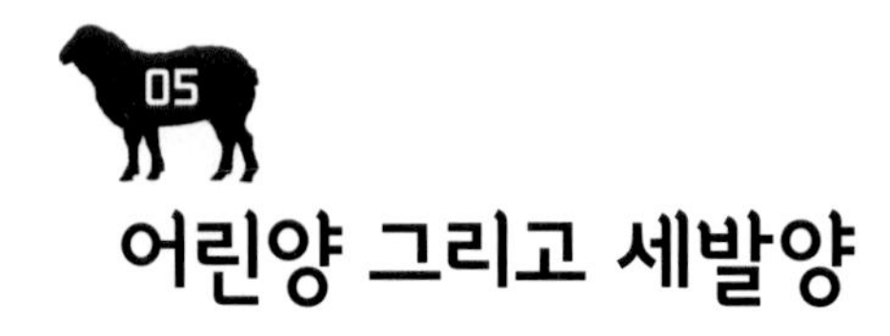

어린양 그리고 세발양

날이 밝으면 언제나 그렇듯이 양들은 떠나고 양우리만 남았다. 우리는 어느새 유목민으로 길을 떠나는 기분이다. 오늘은 왠지 일찍 아침 식사를 했다. 식사를 하면서 샤오판 부인도 어제 나의 노래를 들었다고 한다. 우얼쉰허에서 잡은 짭짤하게 만든 고기 절임이 아직도 남아있다. 맛있게 먹었다.

짐을 정리하고 떠나려는데 한 마리 양이 눈에 들어왔다. 어쩌다 다리 하나가 절단되어 있었다. 왜 그렇게 된 것인지 물어도 아무도 모른다고 한다. 기우뚱거리면서 주변을 맴돌고 있는 모습이 너무도 애처로웠다. 이후로 다리가 하나 없는 양을 세발양이라고 불러 주었다.

트랙터 짐칸에 자리를 만들어 양을 올려놓았다. 이렇게 장기간을 가는 길에서 힘든 양들은 고통일 수밖에 없다. 어린 양도 매일 조금씩은 차에 태워 다닌다. 한번은 어린 양을 데리고 있는데 양들이 가까이 오고 있었다. 어린 양은 어미를 찾아가려고 내 품에서 발버둥을 치고 있었다. 놓아 주었더니 이내 어미를 만나는 것을 보고 마음속으로 놀란 적도 있다. 부모와 자식 그리고 모성애의 표현은 훈련이 필요 없다. 본래 가지고 있는 능력이라는 본능일 뿐이다.

오늘은 트럭이 냇가로 가서 펌프로 물을 채웠다. 그동안 처음 보는 펌프다. 언제 이런 기계를 가지고 있었는지 의아스러웠다. 장기간 양들의 이동에 필요한 장비들을 이들은 미리 알고 나름대로 철저히 준비를 했다.

펌프로 트럭 위에 실린 물통에 물을 담는 동안 샤오판 이모는 어린 양을 안고 있다. 서로가 바라보는 모습이 참으로 행복해 보인다. 이런 행복의 감정을 느끼는 것은 돈으로 환산할 수가 없다. 양떼를 몰고 가면서 잠시나마 힘든 여정의 시간을 잊을 수 있었다.

샤오판은 이곳 지리에 익숙하여 물과 초지가 있는지 없는지를 잘 알고 있다. 이곳에서 물을 담지 않으면 오늘은 양들이 물을 마실 장소가 없다는 것을 잘 안다.

다른 집의 소들도 아침부터 갈증을 느끼는지 모두 냇가로 와서 목을 길게 늘어뜨린다. 샤오판 이모가 지쳤는가 보다. 샤오판 부인과 교대를 하고 내가 운전하는 차를 타고 구도로를 달렸다. 지난번에 소금이란 말이 통하지 않아 웃음거리가 된 이후로는 샤오판 이모와 가급적 이야기를 하지 않았다. 은근히 샤오판 이모가 미워서라기보다는 이야기를 나눈다는 것이 번거로울 거라는 생각이 앞서기도 했다.

구도로라고 해도 비포장도로는 아니다. 고속도로 같은 신도로가 만들어지면서 붙여진 이름이다. 구도로는 차가 거의 다니지 않고 어쩌다 오토바이를 탄 현지 주민 젊은이들이 가끔 지나갈 뿐이다.

구도로 한복판에서 트럭의 그늘을 만들어 놓았다. 잠자는 양떼 무리를 바라보다 강아지를 안고 같이 잠이 들어 버렸다. 저녁에 잠을 잤으면서도 늘 눕기만 하면 잠에 취한다. 피곤한 시간의 연속이 이렇게 만드는지도 모른다.

잠든 사이에 샤오판이 잠시 어디를 다녀왔다. 알고 보니 이곳은 씨치에서 그리 멀지 않은 곳이다. 샤오판이 씨치를 다녀오면서 한 젊은이를 데리고 왔다. 그는 샤오판 이모의 아들이다. 내가 운전이 미숙하여 그를 부른 것이다.

그는 롱쟝에서 10시간 이상을 입석표를 가지고 기차를 타고 왔다. 이제야 모홍리는 지난번 샤오판 부인과 다툰 일에 대하여 말한다. 지난번에 초원에서 모홍리와 샤오판 부인이 큰소리가 오간 이유는 이랬다.

내가 운전이 미숙해서 사람을 고용해야겠다고 하는 말을 가지고 다툰 것이다. 모홍리는 원래 내가 수동식 차를 운전하지 못한다고 말하지 않았느냐고 말했고 여기까지 오는 것만도 다행 아니냐고 대변해 주었다.

가끔은 내가 운전이 서툴 때마다 샤오판 부인이 언짢은 표정을 보이기도 했었다. 아마 샤오판 부인은 모홍리에게 내가 없는 데서 많은 불평을 했는가 보다.

나 역시 속으로는 부담을 덜 수 있어 다행스러웠다. 그리고 가끔은 양떼들과 함께 걸어 볼 수 있는 기회도 있어 좋았다. 이제 우리는 한 명이 늘었다. 매일 저녁이면 양의 울타리를 치는 수고도 조금은 덜 수 있을 것 같다.

샤오판이 씨치를 다녀오면서 수박을 사왔다. 오랜만에 수박도 맛보았다. 조금 시원하게 한다고 물에 담가 두었지만 물 자체가 더운물이라 소용이 없었다.

우리 열 명은 한 번에 수박을 모두 먹어치웠다. 그늘이라고는 트럭이 만들어준 그림자밖에는 아무것도 없다. 오후의 휴식을 취한 양들이 다시 이동을 시작했다. 오늘 당도할 목적지가 아직도 멀었는가 보다. 그래서 아침 일찍 서둘렀다.

모홍리가 물과 오이를 가지고 내게 걸어왔다. 그녀와 나는 모처럼 함께 양몰이를 하면서 이야기를 나누었다. 그녀는 내가 책을 출간한 것에 감동을 하였다고 같이 있을 적마다 말한다. 하지만 자신은 그 내용을 볼 수가 없어 애석하다면서 중국어로 번역이 가능하냐고 묻는다. 내가 훗날 유명해지면 그럴 수도 있을 거라고 짧게 말했다.

그녀는 가면서 가끔씩 내가 가지고 다니던 호루라기를 삑~삑 불면서 양들의 길을 재촉했다. 그러면서 순간순간 땅바닥을 살핀다. 혹시 있을지도 모를 훌륭한 '마나오'라는 수석을 찾기 위해서다. 베이지촌에서 처음 만났을 때도 흑룡강변을 거닐며 수석을 찾기도 했다. 그녀는 수석 수집에 강한 집념을 가지는 것 같다. 집념과 오기는 차이가 있다는 생각을 해봤다. 집념이 강하면 신념으로 마음속에 자리 잡지만 오기가 강하면 편협한 고집을 남긴다.

길을 걷다가 그녀가 두 개의 작은 돌을 주었다. 그리고 나에게 가지라고 한다. 자세히 들여다보니 왠지 사람의 입술과 그 속에 이가 있는 듯한 형상의 마나오다. 나는 그녀가 건네준 두 개의 작은 마나오를 짐 속에 챙겨 넣었다. 작지만 큰 선물이라는 생각이 들었다.

나 역시 뒤쳐진 양들을 바라보며 소리도 지르고 수건을 돌리기도 하고 때로는 양 주변으로 소똥을 들어 원반 던지듯 던지기도 하고 작은 돌들을 던지기도 하면서 양들을 몰아갔다. 모홍리는 돌을 던지면 다칠 수 있으니 하지 말라고 한다. 더위 속에 양들이 지나간 자리에서 일어나는 먼지 속을 걸어간다는 것은 여간 괴롭지 않았다. 목구멍까지 먼지가 들어가 칼칼하여 물로 가시기도 하고 수건으로 눈만 남기고는 다 가리고 걷기도 했다.

그녀도 피부가 까맣게 변했다. 원래 그동안 거친 수석을 다루면서 지내서 그런지 피부가 하얗지는 않았다. 게다가 수석을 다루는 남자들을 많이 상대하여 그런지 목소리도 쾌활하다. 하지만 나에게 만큼은 늘 자상하고 세심하게 대해주고 있다.

다음에 올 때는 중국 여인들이 좋아하는 화장품을 가지고 오겠다는 말에 기운이 나는가 보다. 차를 운전하고 가는 것보다 훨씬 마음이 가벼웠다.

사흘을 달려왔다.

양떼 무리들이 약간의 초지를 만나니 떠날 줄을 모른다. 우리도 모두 지쳐갔다. 도로상에서 트랙터에 실려 있는 물통이 내려졌다. 양들이 올 때 트럭에 담겨진 물을 통에 담아 주었다. 양들은 냇가를 만나지 못하면 하루의 갈증을 이렇게 풀고 있다.

늘 나를 멀리하던 양들도 물통에 물을 담아주는 순간에는 자연스레 내 곁을 스쳐 지나간다. 양은 의심이 많은 동물이기도 하다.

풀을 뜯으면서도 내가 조금 가까이라도 걸어가면 어느새 일정한 거리를 두고 다른 곳으로 가 버린다. 하지만 물을 먹으로 모여들 때는 나를 밀치기도 하고 허락도 없이 내 발등을 짓밟듯 밟고 지나간다. 그래도 양들의 고된 행군을 생각하면 가엽기 그지없다. 양들의 등을 만져보니 태양볕에 열기인지 힘든 걸음 때문인지 몸의 열기도 더위만큼이나 만만치 않게 느껴졌다.

천오백 마리가 물을 먹는 데는 그리 오래 걸리지 않았다. 양들은 갈증을 해결하면 바로 돌아서 갔다. 그러면 다른 양들이 또 와서 먹고 갔다.

가끔 어린아이들이 먹는 것을 두고 욕심을 부리는 것을 보곤 한다. 어떤 아이는 한 손으로 집어 먹으면서 다른 한 손에 또 다른 한 개를 집어 들고 있다. 더 욕심이 있는 아이는 접시에 있는 것을 한 입씩 깨물어 먹고 내려놓기도 한다.

이렇게 인간은 태어나서부터 욕심으로 가득한 동물인지도 모른다. 그러므로 인간의 본성이 함께 살아가고 절제하는 교육을 받지 않는다면 무척 혼란스런 동물에 지나지 않을 것만 같다.

냇가에서 떠온 물로 우리 역시 세수도 하고 더위를 잊고자 몸을 적신다. 그리고 여자들은 밥도 짓고 설거지도 하고 그동안 더러워진 옷가지들을 빨기도 한다.

길은 구도로와 신도로가 같은 간격으로 계속 이어져 있다. 그리고 구도로와 백여 미터 정도로 떨어진 곳에 주인이 있는 초지의 울타리가 쳐져있다. 그래야 우리처럼 양들을 데리고 이동하는 목민들이 이동하는 길을 얻을 수 있기 때문이다.

신도로에는 차들이 시속 100㎞ 이상을 달린다. 물건을 가득 실은 화물차들도 예외는 아니다. 그래서 양들이 신도로 옆을 지날 때면 각별히 주의를 기울인다. 한가한 시간일 때 나는 샤오판에게 너의 이름이 본래 샤오판이냐고 물었더니 판리퀘이(范利奎)라고 한다. 그리고 사촌동생은 판리차이(范利财)라고 하는 것을 이때 알았다.

샤오판 어머니는 주로 소들을 관리하는 데 신경을 쓴다. 어린 송아지 세 마리가 걸음이 늦어 늘 행렬에서 뒤처지는 편이다. 세 마리의 어린 소를 재촉하느라 뒤에서 따라가면 앞서간 어미 소가 가끔씩 뒤돌아본다.

혹시나 자기 새끼를 해치지는 않는지 걱정을 하는가 보다. 우리가 새끼로부터 멀어지면 어미 소는 안심을 하는지 뒤돌아보지 않고 풀을 뜯거나 앞으로 천천히 걸음을 옮긴다.

오늘따라 샤오판 어머니가 데리고 오는 송아지의 발걸음이 무거워 보였다. 나는 샤오판 어머니에게 가서 내가 데리고 가겠다고 했다. 샤오판 어머니는 특별히 말이 없으면서도 자상하다. 잠시 휴식을 가질 때면 음식이 입에 맞느냐 잠자리는 불편하지 않느냐 하면서 무척 나를 배려해 주었다. 맛있다고 생각되는 음식은 꼭 맛보라고 건네주기도 하고 쉴 때도 늘 나에게 그늘을 만들어 주려고 신경을 쓰곤 했다. 지금도 나에게 담배를 건네면서 피우라고 권하기를 여러 번 했다 지난겨울 롱장의 펑써우촌에서 사흘을 보낼 때도 그랬다.

어린 소를 나에게 맡기고 샤오판 어머니는 양의 무리로 갔다. 신도로를 걸으면서 양떼들이 길 위로 오르지 못하도록 앞뒤로 왔다 갔다를 반복하고 있다. 뒤처져 가는 어린 세 마리의 송아지는 어미의 젖을 먹기 전까지는 늘 여유로웠다.

우리 사람들도 어떤 이는 늘 행동이 여유로워 보이는 사람이 있다. 바쁘게 살아가는 현대 시대에 어울리지 않아 보인다. 하지만 여유로움이 느리다는 표현으로 또는 느긋함이 게으름으로 나타나지 않는다면 이 또한 삶을 풍요롭게 하는 역할을 한다.

우리는 서두르다가 일을 그르치는 상황을 자주 접하게 된다. 진정한 여유란 행동의 느림에 있는 것이 아니라 사고의 유연성에 기인하는 것이다. 즉 침착한 행동은 여유로움에서 나오기 때문이다.

오늘도 힘든 걸음을 했다.

어둠이 내리고 잠이 들 무렵 또 소떼가 나타났다고 한다. 나는 아무리 주위를 살펴도 보이지가 않았다. 손전등을 앞세워 주변을 살폈다. 두 마리의 개가 먼저 소들을 향해 달려갔다. 샤오판 가족은 이런 상황을 여러 번 겪었는지 이내 밖으로 나가 소떼들을 몰아냈다. 양들도 놀랐는지 울음소리를 그치지 않는다. 모두들 이렇게 저녁이 되어도 긴장을 늦출 수 없을 때가 있다.

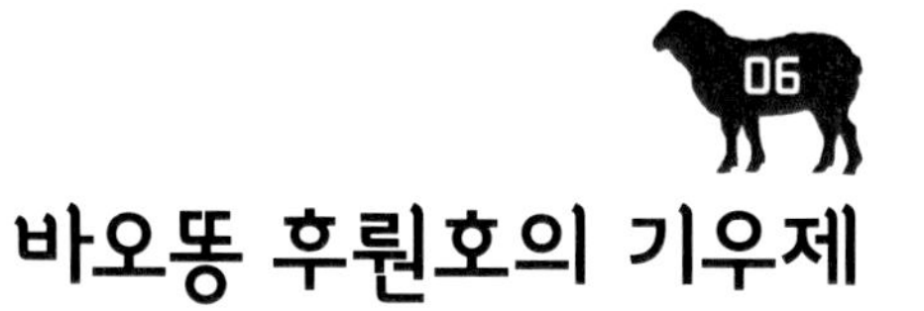

06 바오똥 후뤈호의 기우제

아침에 살짝 비가 내렸다.

구름이 하늘을 가리니 더위를 잠시 피할 수 있어 다행이다. 바오똥 마을을 지나는데 이틀 전 들렀던 주유소가 보인다. 나는 강아지를 데리고 갔다. 강아지를 다시 어미 품으로 돌려주었다. 강아지를 보고 그렇게 예뻐하던 모홍리가 눈물을 글썽인다. 앞으로 어떻게 데리고 다닐지도 곤란하고, 그렇다고 오래까지 행복하게 해줄 수도 없는 처지다.

새끼를 다시 만난 어미는 무척 반가워했지만 어미를 만난 강아지는 잠시 우리를 향해 걸어온다. 정들었던 모양이다. 이틀 동안 나의 호주머니에서 함께 생활했던 강아지다. 나 역시 정들어 귀엽기만 했다.

나도 집에 애완용 강아지가 있다. 여행을 하면서도 고국에 소식을 물을 때는 강아지의 안부도 빠지지 않는다. 딸이 키우자고 했지만 가장 정이 드는 사람은 내가 된다. 예전에도 그랬다.

마을 어귀에 사람들이 모여 차 앞에서 웅성거린다. 모홍리가 그들에게 다가가 뭔가 이야기를 나누고 돌아와 내게 말한다. '쳐우위찌쓰(求雨祭祀)'라고 하면서 후룬호에서 지내는 행사가 있다고 한다. 그녀는 나에게 여행자이니 모처럼 얻은 이런 행사를 구경하고 씨치에서 다시 만나라고 한다. 그러면서 말을 타고 오는 샤오판 이모부를 만나 한참을 이야기한다. 아마 샤오판 아버지와 샤오판 이모부가 양을 사육하고 파는 문제에 약간의 불편한 의견의 차이가 있었는가 보다.

실상은 천오백 마리의 양을 판 소득은 서로 나눠 가지는 것으로 되어 있다. 무슨 일이든 공동으로 하는 일에는 약간의 불협화음이 일어난다. 그것은 반드시 따라다니는 이익이라는 욕심에서 생겨나곤 한다.

둘이 이야기를 하는 동안에 말이 들판을 뛰고 있어 말을 잡느라고 이모 아들이 애를 먹고 있다. 나는 간신히 돌아온 말의 얼굴을 쓰다듬으면서 이틀 후에 보자는 약속을 했다.

늘 저녁이면 그들이 바쁘게 일하고 있을 때 나는 말고삐를 잡고 가까운 초지를 다니며 풀을 뜯게 했다. 그러면서 등에 붙는 파리도 날려주고 목덜미도 쓰다듬어 주면서 말과의 눈으로 나눈 대화도 각별했다.

나는 잠시 이들과 헤어져 쳐우위찌쓰라는 행사를 보기로 했다. 쳐우위찌쓰라는 것이 처음에는 후뤈호에서 고기를 구하는 행사인 줄 알았다. 알고 보니 우리나라에서 흔히 볼 수 있는 기우제다. 비(雨)와 고기(魚)의 중국 발음이 성조만 다를 뿐 발음은 같다.

차에 오르니 서너 명을 제외하고는 모두가 여인네들뿐이다. 여인 중에 한 분이 승객들에게 부채를 하나씩 선물한다. 그리고 바오똥에 있는 전설에 대해 말해 주었다. 내가 한국인이라는 것을 알고는 특별히 나를 보면서 천천히 설명해 주기도 했다.

본래 중국어로 말하는 바오똥이란 지명은 몽고어로 바오꺼더우라(宝格德乌拉)의 약칭이다. 이곳에는 해발 900m가 넘는 높은 쌍둥이 산이 있다. 쌍둥이 산은 약간 높은 산이 남자 산이고, 다른 한

쪽이 여자 산이라고 한다. 이 산에는 몽고인들이 만든 아오바오가 있다.

후뤈베이얼의 싸치와 똥치 구역에서는 최고로 높은 산이다. 바오꺼더(宝格德)는 '신령스럽다'는 의미고, 우라(乌拉)는 '신'을 의미한다. 그러니까 '신령스런 산'이란 뜻이다.

이곳에서는 원나라 때부터 라만교라는 원시 종교의 의식행사가 이루어져 왔다. 후에는 이들이 요즈음 아오바오에서 행하는 전통 종교로 발전하였다. 이곳에서 새해의 안녕과 기우제 같은 그들이 간절히 기원하는 행사가 이루어지곤 한다.

여기에는 칭기즈칸에 대한 전설도 있다. 칭기즈칸이 서쪽 지방을 정벌할 때 이곳 산기슭에서 병마를 조련하고 있었다. 적들이 쳐들어올 때 공교롭게도 병사들은 훈련으로 지쳐 있었다. 칭기즈칸은 산에 올라 위급함을 한스러워하며 탄식했다. '설마 내 운명은 여기까지인가. 큰 산이시여 이 몸을 도와주소서.' 라고 하자 온 산이 운무로 가려지고 적들은 물러갔다고 한다.

칭기즈칸의 이러한 전설로 인하여 쌍둥이 산은 '성산(聖山), 신산(神山)'이란 이름을 얻었다. 그리고 가축을 키우며 살아가는 이들에게는 초원에 가뭄이 들 적마다 성산을 바라보며 소원을 빌고 있다고 한다.

이때가 음력 7월 3일이라고 한다. 그래서 오늘 바오똥 사람들은 기우제를 지내러 후뤈호로 달려가고 있는 것이다. 차는 메마른 초원의 길을 한참을 달려 바다 같은 호수에 도착했다.

내가 한국인이란 말을 들은 아주머니가 이곳에 조선족 마을이 있는데 10여 개의 분묘가 멀지 않은 곳에 있다고 한다. 그들은 조선족이라고도 말하고 때로는 고려민족이란 말도 사용한다. 이런 면에서 몽고인을 만나면 왠지 다정한 느낌이 들곤 한다.

바오똥은 후뤈호의 동남쪽에 위치한다. 이곳 사람들은 모두 가축을 키우며 생계를 이어가는 목민들이다. 이들과 함께한 나는 한민족과 몽고족은 본래 같은 민족이라고 하면서 몽고반점에 대해 이야기를 나누기도 했다. 농담을 섞어가며 몽고인은 양고기를 즐겨 먹어 살이 찌고, 우리는 주로 채식을 하여 날씬하다고도 덧붙였다.

내몽고 후뤈베이얼 지역은 초원을 중심으로는 양과 소 그리고 말과 낙타를 기르며 살아가는 몽고족이 대부분이다. 그리고 따씽안링의 삼림지대를 중심으로는 수렵생활을 하면서 순록과 함께 살아가는 어원커족, 어퉌춘족, 다월족들이 분포되어 있다.

실화 같은 야설도 들은 바가 있다. 칭기즈칸이 아시아 대륙을 점령하면서 특히 가까운 남방의 중국을 침략할 적마다 많은 혼혈아를 탄생시켰다. 이들이 모여 살면서 부락을 이룬 집단들이 지금 중국의 소수민족으로 분류되고 있다는 말도 있다. 내가 인류학자가 아닌 만큼 이야기를 더 이상 늘어놓고 싶지는 않다.

백여 명 정도가 벌써 와 있다. 11시에 행사가 시작된다면서 사람들은 삼삼오오 모여앉아 간단히 간식을 즐기고 있다.

가족 단위로 자가용을 몰고 와서 둘러앉아 있기도 하고, 부모님을 따라온 귀여운 아이들은 초원의 풀숲을 뛰놀고 있다. 모두 바오똥에 사는 몽고족이라고 한다. 그들은 한국인이 온 것에 대해 매우 의아해하면서 친절하게 대해 주었다.

호수를 보니 나무로 만든 제단에 양 두 마리가 죽은 채로 얹어져 있다. 11시가 되자 제단에 술과 음식이 더 놓이기 시작한다. 사람들은 제단을 바라보며 호숫가에 길게 늘어져 무릎을 꿇었다. 그들은 나도 그렇게 하라고 한다. 뒤이어 마을의 촌장이 앞에서 간단히 주문을 외기 시작한다.

구름이 잔뜩 낀 호수에 그들의 소원 덕분인지 잠시 이슬비가 내린다. 주문이 끝나자 절을 세 번씩 하고는 일어나 호수로 가서 가지고 온 음식과 사탕을 호수에 던진다. 어떤 이는 고기 덩어리를 들고 가 호수에 힘껏 던지기도 했다. 촌장이 다가와 양고기를 잘라 먹는 작은 칼을 내게 건넨다. 제단에 놓인 양고기가 오늘의 우리 음식이다.

기우제 의식이 끝나자 비닐 천을 깔고 우리는 길게 늘어선 식탁 앞에 앉았다. 솥에서 끓인 양고기가 푸짐하게 올라온다. 고량주를 담은 플라스틱 통도 빠지지 않았다.

다시 촌장의 짧은 인사말이 이어졌다. 인사말이 끝나자 그들은 작은 칼을 가지고 솜씨 있게 뼈에 붙은 살을 잘도 잘라낸다. 서투른 나를 보더니 썬 고기를 한 점 한 점 내게 건넨다. 한잔의 고량주 그리고 맛있는 양고기를 배불리 먹은 후 촌장에게 감사를 표하며 한 장의 기념사진을 남겼다.

소원을 빌어 본다는 일은 참으로 숭고한 일이기도 하다. 자기의 일신을 위한 기도뿐 아니라 남을 위한 기도 역시 그렇다. 기도는 강한 신념을 갖게 한다. 그 신념이 강할수록 일상에서 일어나는 문제를 해결할 수 힘도 커진다. 칭기즈칸이 그랬고 오늘 '쳐우위찌쓰'라는 기우제 행사가 그랬다.

바오똥으로 돌아온 숙소는 참으로 허름했다. 숙소에는 화장실이 없어 마을 공중변소를 이용하는데 화장실과 가까운 집은 냄새로, 먼 집은 가는 시간으로 불편스럽다.

숙소 주인이 지금 짓고 있는 저기 붉은 집 건물에 가면 화장실이 있다고 하여 급한 김에 들어갔다. 아무리 찾아도 짓고 있는 건물에 화장실이 보이지 않는다. 대충 벽에서 소변을 보고 나오는데 커다란 개 한 마리가 나오는 길에 딱 버티고 서있다.

짖는 개는 물지 않는다고 하는데 짖지도 않는다. 난감한 시간이 흐르고 있다. 은근히 몸이 싸늘해지는 기분을 느끼고 있었다. 불현듯 우리 개가 있었더라면 나를 보호했을 거라는 생각이 스쳐갔다. 동물에게는 눈싸움에서 지면 안 된다는 말도 직감적으로 떠올랐다. 지그시 노려보고 있었다. 1분도 안되어 개는 머리를 돌리고 밖으로 나간다. 야성에 물들지 않은 동물은 자기를 해치지 않는 한 달려들지 않는다. 마음은 두려웠지만 개가 사라질 때까지 느긋한 자세를 잃지 않았다.

숙소에서 안휘성 황산에서 자전거를 타고 이곳까지 여행 온 한 청년을 만났다. 그는 다음에는 자전거로 신강위그루자치구를 여행할 계획이라고 한다. 그를 보니 왠지 잡스러운 생각들이 스쳐간다.

멍청이 있으면 남자에게는 순간순간 스쳐가는 것이 여자이고, 여자에게는 외로움이라는 우스갯말이 있다. 어찌 보면 아주 자연스러운 생리현상일 수도 있지만 한편으로는 아주 속물스러운 동물에 지나지 않는지도 모른다. 우리가 젊은 날의 청춘을 그리워하는 이유도 노년에 잃어버린 그 무엇을 그리워하는 까닭인지도 모른다. 나는 그 무엇을 말하고 싶지 않다.

나는 시간이 있으면 운동 삼아 산을 오른다. 언젠가부터 산을 오르면 40대 중반의 여성들이 나보다 더 빨리 걸으면서 내 앞을 지나가곤 한다. 한때는 그것이 창피하여 그래도 남자라고 힘을 내보았지만 이제는 이런 노쇠함을 인정하고 있다.

더워서 열어놓은 창문으로 먼지바람이 여과 없이 들어온다. 이 밤 그동안 쌓인 피곤이 몰려왔지만 그래도 나는 편했다. 양들은 지금쯤 어디서 나처럼 잠을 청할까. 어린 양과 세발양 그리고 상처를 입어 걷지 못하는 양들도 모두 잘 있는지 생각만 해도 눈에 아른거린다. 어둠 속에서 양들과 함께하는 그들을 이틀 후에는 만날 수 있다는 약속이 그나마 헤어져 있는 시간을 달래주고 있다.

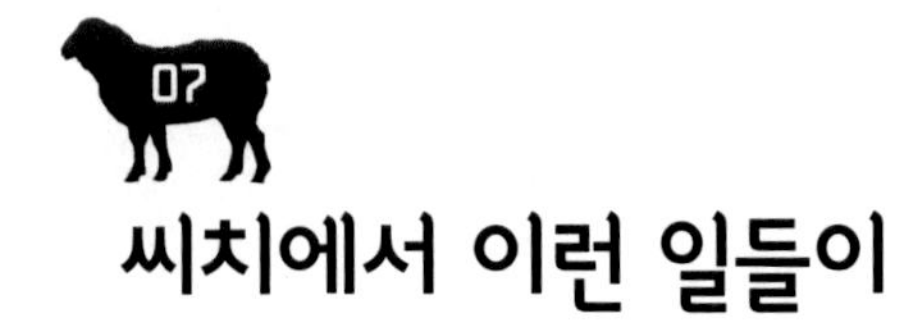

씨치에서 이런 일들이

아침에 일찍 씨치로 떠났다.

본래 씨치로 가는 택시이기 때문에 버스요금을 주기로 했다. 어제 후뤈호에서 열린 기우제 행사에서 보았다면서 아이를 안은 아주머니도 동행을 했다. 아주머니는 자기 친구가 한국에서 바쁘게 일을 하며 생활하고 있다고 한다.

그녀는 우리나라의 생활뿐만 아니라 정치이야기도 늘어놓았다. 갑자기 차가 속도를 줄였다. 앞에 속도 감지기가 있는데 과속을 하면 150원 정도의 범칙금을 부과 받는다고 한다. 들녘으로 어쩌다 보이는 양떼를 보면 그동안 함께 동행을 한 우리 양들이 생각나곤 했다. 씨치에 도착하자 아주머니는 나를 식당으로 데리고 가더니 음식을 주문해 주고 떠났다.

씨치는 현으로 그런대로 큰 도시다. 일찍 숙소를 잡고 그동안 하지 못했던 머리도 감고 샤워도 하고 면도도 했다. 베이얼에 있을 때는 냇가에서 모든 것을 할 수 있어 좋았다. 여기까지 오는 동안 세수도 거른 적이 한 두 번이 아니고 칫솔질도 피곤하고 귀찮아 자주 거르기도 했다. 양을 몰고 오는 우리 모두가 그랬다. 샤워를 하고 나니 온몸이 개운하다.

침상에 누워 이런저런 생각을 하고 있는데 문을 두드리는 소리가 들린다. 문을 여니 중년의 남자가 들어가도 되느냐고 한다, 누구냐고 물으니 공안(경찰)이라고 한다.

마음 한편으로는 무슨 일인가 싶어 두렵기도 했다. 예전에 내몽고 아얼산(阿尔山)을 여행할 때도 숙소에 군인이 들어오더니 여관 주인에게 신강위그루자치구에서 온 위그루족 사람이 있으면 신고하라고 하면서 돌아간 적이 있었다. 요즈음 신강위그루자치구에 사는 위그루족이 독립을 위해 테러를 일으키기 때문이다.

젊은 여성 경찰 두 명과 나이 오십을 훌쩍 넘겨 보이는 공안이 들어와 우선 나의 신분을 묻고 여기에 온 이유를 물었다. 사실대로 말했다.

내가 아는 친구를 따라 양을 몰고 오다 바오똥에서 아침에 차를 타고 왔다고 했다. 샤오판 전화번호를 묻기도 했다. 나의 새까맣게 그을린 얼굴과 초췌한 모습에서 그들은 그리 의심하지 않는 것 같다.

꺼내놓은 짐 속에서 책을 보더니 여성 경찰이 들춰본다. 이번에 출간한 책이라고 했더니 내용을 설명해 달라고 한다. 3년 동안 다닌 이곳의 생활과 나의 생각을 적은 글이라고 했다. 한국 서점에도 배포가 되어 있느냐고 묻는다. 그렇다고 하면서 뒷면의 가격표시를 보여주며 인민폐로 80원 정도라고 말했다.

이내 여성 경찰은 나의 말을 수첩에 일일이 기록을 한 후에 책을 갖고 싶은지 한 권을 달라하면서 사인을 부탁했다. 그리고 책 속에 사진들을 하나하나 살펴보고 있다. 겨울 여행을 하면서 눈 속에서 중국인과 나뭇가지를 잘라 눈 위에 '中韓'이란 글자를 만들어 놓고 찍은 사진에 시선이 꽂혔나 보다.

잘 팔리느냐고 묻기도 한다. 유명해지면 그렇게 될 수도 있다고 말하니 고개를 끄덕인다. 중국을 자주 오느냐, 한국에서 직업이 무엇이었느냐 등등 몇 가지를 더 묻기도 했다. 그리고 책을 줘서 고맙다는 말을 하고는 돌아서 갔다.

숙소 아주머니가 손님이 오면 공안에 신고를 하는데 외국인이라 더 주의를 기울이느라고 다녀간 것이라 말한다. 그렇지 않아도 숙소에 들어오자마자 아주머니가 핸드폰으로 나의 여권을 사진 찍는 것으로 간단히 수속을 마쳤었다. 중국을 여행하다 보면 외국인을 받지 않는 숙소도 많다. 그래서 늦은 밤에 이런 상황을 맞으면 조금은 어려움을 겪기도 한다.

오후의 더위를 피한 후 시내를 둘러본다고 길을 나섰다. 숙소를 나오니 웅장한 건물의 공안국이 바로 맞은편에 있다. 공안국은 우리나라의 경찰서에 해당한다.

숙소 아주머니에게 들은 씨치의 중심가에 있는 바얼후(巴尔虎) 박물관을 들렀다 칭기즈칸의 그림자는 몽고라는 외몽고와 내몽고 어디에도 드러나지 않는 곳이 없다. 그만큼 추앙받는 영웅이다. 세계 역사상 가장 위대한 정복자라고도 말한다.

내몽고 남부에 있는 어얼뚜어쓰 그리고 북부에 있는 우란하오터(乌兰浩特)에서도 웅장하게 장식된 칭기즈칸릉을 본적이 있다. 우란하오터에서는 학생들을 인솔하고 오신 선생님과 이야기를 나누면서 학생들과 기념사진도 남기는 추억도 있다. 이래서 여행은 즐거운가 보다. 아무튼 칭기즈칸은 말을 타고 달리는 기마민족의 후예로써 아시아를 넘어 유럽까지 그의 힘이 미치기도 했다.

이곳 후룬베이얼의 소도시를 다녀보면 나름대로 자연사박물관이니 소수민족박물관이니 하는 것들이 많이 있다. 여행을 하다가 잠시 여유로울 때는 늘 공원이나 이런 박물관을 찾아 가기도 한다. 박물관에 들르면 제일 먼저 독수리의 표본이 눈에 자주 들어온다. 날개를 펴고 아래를 내려다보는 매서운 눈초리의 자태가 위용으로 넘쳐난다.

다음으로 가고 싶은 곳이 있었다. 이곳에서 30㎞ 정도 떨어진 후뤈호 부근에 '쑤안마쭈왕'이란 곳이 있다. 숙소 아주머니에게 길을 물으니 이번 달 25일에 '나다무' 축제 준비로 지금은 개방을 하지 않는다고 하여 아쉽게도 가는 것을 포기했다.

외몽고를 여행하면서도 보았고 겨울에 이곳을 여행하면서 광대뼈가 동상이 걸릴 정도의 추위 속에서도 하이라얼 근교에서 열리는 나다무 축제도 보았다.

칭기즈칸 무사들의 행렬과 말타기, 활쏘기, 몽고 전통 씨름 등 각종 공연을 보면 옛 기마민족의 영웅담이 되살아나는 듯하다. 몽고 전통 씨름을 보면 토너먼트 식으로 올라와 최강자를 가린다. 이길 적마다 팔을 펼치고 날갯짓을 하면서 주변을 몇 바퀴 자랑스럽게 돈다. 하늘의 맹주 독수리의 강인한 날갯짓을 흉내 내는 것이다.

지난겨울 멍구빠오 굴뚝에서는 연기가 뿜어져 나오고 달리는 말발굽에서 튕겨져 퍼지는 눈발을 보면서 추위 속에서 경험한 하이라얼 나다무 축제가 눈에 아른거린다.

청지스한쑤안마쭈앙(成吉思汗拴马桩)은 만저우리에서 차로 한 시간이면 갈 수 있는 후뤈호에 위치한다. 씨치에서는 더욱 가까이 있어 차로 20분정도면 갈 수 있다.

이곳도 칭기즈칸의 영웅담이 실린 전설이 간직되어 있다. 그래서 후뤈베이얼에서는 호수와 함께 최고의 풍경구로 이름이 나있어 여행자의 발길이 끊이질 않는다. 후뤈호 서쪽에는 큰 바위가 하나 있는데 가뭄이 들면 호수 수면이 낮아져 걸어갈 수도 있다.

간단히 말해서 이 바위에 얽힌 칭기즈칸의 전설은 이렇다. 칭기즈칸에게는 여덟 필의 준마가 있다. 이 준마를 바위에 묶어두어 병마로 조련했다.

어느 해 적군이 쳐들어 올 때마다 이 준마들의 활약으로 적을 무찌르기를 여러 번 했다고 한다. 그리고 마지막에는 칭기즈칸이 부상을 입고 싸울 수 없을 때 적장이 쳐들어왔다. 이때 말의 큰 울음소리로 적장을 말에서 떨어트려 죽게 했다는 전설이 흐른다.

전설이라지만 큰 뜻을 품은 자를 위한 이야기는 늘 아름답다. 중국인들이 화폭에 말을 그리면 꼭 여덟 필의 말을 그린다. 8이란 숫자의 발음과 돈을 번다는 '發財(파차이)'의 첫 발음이 비슷한데서 오는 상징성이 있기 때문이다. 하지만 아마도 이곳의 칭기즈칸 영웅담의 이야기가 전해지면서 여덟 필의 말을 화폭에 담아내고 있는지도 모른다.

돌아오는 길에 공안국을 지났다. 사람들이 공안국 옆 광장에서 공연 단상을 설치하느라고 분주하다. 저녁 7시에 몽고족의 전통 공연이 있다고 한다.

숙소에서 공연시간을 기다리며 더위를 식혔다. 마이크 소리가 시끄럽게 들려온다. 광장에 나가니 사람들이 벌써 공연장을 둘러싸고 있다. 뒤에서 공연을 준비하고 있는 예쁜 아가씨와 한 장의 사진을 남기고 여유 있게 걸어서 앞 중앙 자리에 앉았다.

자리를 차지하는 일은 그동안 중국에서 축제나 공연을 보면서 해 온 노하우라고 말해도 좋다. 게다가 공안이 뭐라고 하면 오늘 다녀간 공안의 힘을 빌릴 수도 있다는 생각도 스쳐간다. 흰 천이 지나가는 자리에 사람들이 사인도 하는 행사가 있어 나도 사인을 남겼다. 공안이 물건을 담는 천으로 된 보자기와 책자도 나누어 주었다.

갑자기 내 옆에 앉아 있던 아주머니가 바닥에 쓰러졌다. 행사의 질서를 유지하던 공안들이 달려오더니 구급차를 부르고 관중의 무리를 향해 길을 트라고 소리를 지른다. 여자 공안은 아주머니를 안고 정신이 있느냐고 몇 번을 묻는다. 얼마 지나지 않아 다행히 깨어났다. 아마 잠시 현기증을 일으켰는가 보다.

공연이 시작되었다. 공연의 주제는 '만저우리에 있는 어머니같은 후륀호를 애호하자.'는 의미다. 몽고 전통의 노래와 춤이 한동안 이어지고, 단상 아래서도 홍에 겨운지 귀여운 아이들도 훌륭한 춤 솜씨를 보이고 있다.

몽고족의 노래는 한족들도 부러워한다. 노래의 음률이 길게 이어지며 초원을 향해 한없이 퍼져나가는 느낌으로 다가온다. 아마 옛사람들이 그런 풍취를 미리 잘 음미하고 있었는지도 모른다.

젊은 남녀의 몽고족이 보여주는 묘기 같은 춤 공연도 매우 인상

적이었다. 두 시간 정도의 공연이 조금도 지루하지 않았다.

밤이면 중국 어디서나 볼 수 있는 광장의 춤과 노래가 이곳 씨치의 밤거리에서도 출렁거린다. 춤을 추는 광장 주변으로는 먹거리 야시장도 들어섰다. 사람들이 많이 몰려있는 곳은 맛이 있을 것만 같았다. 줄을 서서 기다리는 시간도 있었다. 무엇인지도 모르지만 모양이 이상하게 생겼다 싶은 먹을 것들을 1원, 2원, 3원씩 주고 샀다. 경단 같은 매끄럽고 끈적끈적한 과자, 막대기에 끼워서 만든 어묵 같은 음식, 컵에 담아주는 붉은 팥죽같은 음식이다. 대부분 이런 먹거리의 음식 맛은 약간 짜지만 무척 맛이 있었다. 아마 여름 무더위에 체내에 부족한 염분을 보충하기 위해서 짜게 만든 것이라는 생각이 들었다. 비닐봉지에 담아 들고 다니며 먹으니 배가 부르다.

먹거리만 있는 것도 아니다. 물건을 팔려고 나온 아낙네들이 만든 몽고 전통의 장신구나, 초원에서 말을 타고 다닐 때 신는 신발 그리고 혁대 온갖 물건 등이 길거리에 진열되어 있다. 불빛 화려한 시원한 밤거리가 사람들로 북적이고 있다. 양떼를 몰고 오면서 어둠의 대지에서 밤을 보내는 것과 너무 대조적이다. 돌아올 때는 한 병의 맥주를 들고 숙소로 돌아왔다.

방 안의 테이블에 맥주를 놓고 앉아서 창밖을 바라보며 술을 마시고 있었다. 먼 타국 땅에서 혼자 있다는 생각에 왠지 마음이 쓸쓸해진다. 어쩌다 이런 여행을 하게 되었는지도 스스로 궁금하고, 앞날에 알 수 없는 또 다른 나의 일상이 기다리고 있는지도 궁금하다.

대학 시절 여름 방학이면 제주도 화순에서 방학의 전부를 보냈다. 달빛 부서지는 출렁이는 파도를 바라보며 백사장을 걸으면서 젊은 날의 고민도 했었다. 이제 환갑을 넘긴 나이에 나는 여기에 있다. 또 어디로 흘러가야 하는가? 침상에 누워 인생을 노래한 가사들을 순서 없이 흥얼거려 본다. 길거리를 오가는 차들의 경적소리가 잦아들 즈음 잠자리에 들었다.

다시 양떼 무리로

날이 밝자마자 모홍리가 찾아왔다.

그녀는 “잘 잤느냐. 어떻게 보냈느냐.” 하는 인사도 없이 갑자기 수석을 사려는 사람이 있어 그를 만나야 한다면서 오늘 치치하얼로 돌아간다고 한다. 나를 데리고 가려고 온 것 같았다. 나만을 남겨두고 가기에는 함께 온 자신이 어느 정도 나의 안전한 여행에 부담을 느끼고 있는 것 같았다.

나는 망설였다. 양떼몰이를 하는 도중에 돌아간다면 그동안의 수고가 무의미해질 것 같았다. 그리고 샤오판 가족과 인사도 안하고 간다는 것이 마음에서 용납되지 않았다. 더 중요한 것은 다시 오지 않을 이런 소중한 결과물을 꼭 간직하고 싶기도 했다. 소중하다는 것은 오직 나만의 소유물이다. 귀중하다는 희귀성이 아니라 나에게만이 존재할 수 있는 유일한 경험이기 때문이다.

몇 가지 변명의 말과 수석을 나중에 팔면 되지 않겠느냐고 설득도 해 보았지만 소용이 없었다. 그녀의 표정에는 샤오판 부인과의 어색한 관계도 숨어 있는 듯 했다.

어쩌면 약간의 마음 상하는 일도 있었는지도 모른다. 다른 사람에게 마음을 주는 것은 많고 적음에 있는 것이 아니라 어려운 환경에서 도와줄 때이다. 그리고 화근이 나는 일은 크고 작은 데 있는 것이 아니라 마음을 상하게 하는 데 있다.

어느 고사에 글이 생각났다.

임금이 잔치가 있을 때 궁중에 들어온 모든 백성에게 따뜻한 밥 한 끼를 제공했다. 훗날 국가에 외적이 침입하여 피난을 하다 산골 외딴집으로 들어가게 되었다.

이때 외딴집의 젊은이는 임금님을 보고 맛있는 음식을 드렸다. 연유를 물은즉 언젠가 자신의 아버지가 배고플 때 임금님이 베푸신 은혜를 잊지 못하고 기회가 오면 반드시 그 은혜에 보답하라고 하셨다고 한다.

또 어떤 임금이 연회를 베푸는 자리에서 모든 대신들이 고깃국을 먹는데 어느 한 대신만 미역국을 먹게 되었다. 그 대신은 마음이 상한 나머지 다른 나라로 가버렸다. 그리고 훗날 반란을 일으켜 결국 나라가 망했다. 모두가 자그마한 한 끼의 식사가 불러일으킨 결과다. 참으로 소홀히 넘겨서는 안 될 이야기라는 생각이 든다.

결국 그녀는 혼자 돌아가기로 하고 나는 샤오판 가족이 이끌고 가는 양떼의 무리로 가기로 했다. 그녀는 나의 짐을 자기 짐 챙기듯 하더니 어제 트럭과 트랙터가 모두 고장이 나서 씨치 차 수리점에 와 있다면서 그리로 데려다 주겠다고 한다. 그러면서 여행자이니 만큼 안전하게 생활하라고 몇 번을 당부한다. 힘들거나 위험한 일은 피하고 차도 자가용 뒷좌석에 앉아 다니라고까지 한다. 양을 따라 다녀도 뒤에서 다녀야지 앞에서 다니면 양들의 길을 방해할지도 모른다고 했다.

택시를 타고 가면서 어제 숙소에 다녀간 공안과의 일어났던 일들에 대해 이야기를 해 주었다. 그리고 저녁에 있었던 몽고족 공연도 무척 재미있게 구경했다고 했다. 차 수리점에 갔더니 샤오판이 나를 반긴다. 나는 샤오판을 만나자마자 공안에게서 전화가 오지 않았느냐고 하면서 어제 숙소에서 있었던 일을 재차 이야기 했다. 샤오판이 전화가 오지 않았다고 하여 한편으로는 다행이다 싶었다.

그녀는 이곳의 수석관을 둘러보고 하이라얼을 거쳐 치치하얼로 간다고 작별의 인사를 했다.

트럭은 바퀴가 펑크나 있고 트랙터는 유압장치의 연결선에 문제가 생겼다. 샤오판은 수년 전 2만 원에 중고 트럭을 구입한 것이다. 어찌 보면 기계의 수명이 다되었는지도 모른다.

조수석 문도 손을 밖으로 내어 열어야 하고 계기판은 아예 아무것도 작동하지 않는다. 게다가 등받이도 없어 뒤에 실은 짐이 등받이 역할을 한다. 그리고 운전하면서 한 번도 헤드라이트를 켜는 것을 보지 못했다. 오직 엔진과 바퀴만 살아서 움직이고 있는 느낌이다.

차를 수리하는 시설은 우리나라 6-70년대의 환경과 비슷할 정도로 낙후되어 보였다. 사람의 힘으로 바퀴의 볼트를 빼기도 하고 바닥에 천을 깔고 차 밑으로 들어가 수리를 하기도 했다. 땅바닥은 검은색의 기름과 흙먼지로 뒤덮여 있고 모든 것이 어설프게만 보였다. 수리하는 기사의 얼굴도 흙먼지로 눈만 보이는듯했다. 게다가 더 기막힌 것은 수리를 하다가도 작업이 중단된 후 언제 수리가 끝날지도 모르는 시간이 한없이 흘러가기도 했다.

답답하고 지루한 오랜 시간이 흐른 뒤에야 수리를 마쳤다. 샤오판은 나를 태우고 씨치 근교를 흐르는 냇가로 갔다. 트럭에서 낚시도구를 꺼내더니 연꽃이 피어 있는 물가에 낚싯대를 드리운다. 흙탕물인 것 같아도 바닥이 흙색일 뿐이지 손으로 떠보면 아주 맑은 물이다. 낚시를 드리우자마자 고기가 올라온다. 1분에 한 마리 꼴로 잡힌다. 고기밥을 달기가 바쁘다. 이렇게 쉽게 고기를 낚아 올리는 장면을 처음 보았다. 은근히 신이 났다.

나도 잠시 낚싯대를 잡고 몇 번을 건져 올렸다. 내 미끼에 속은 물고기가 참으로 바보스럽다는 생각이 들었다.

예전에 낚시 도구를 준비한 적이 있었다. 하지만 취미라는 것은 만들어지는 것보다는 천성이거나 마음에서 생겨나야하는가 보다. 몇 번을 낚시를 하러 가 보았지만 그리 흥미를 느끼지는 못했다. 하지만 다른 사람들의 낚시하는 취미활동을 나는 충분히 이해한다. 왜냐하면 바둑을 취미로 갖고 있는 내가 밤을 새워 가면서 바둑을 둘 때 다른 사람들은 나를 이해하지 못했다.

밤샘을 하면서 낚시를 하는 사람도 내 마음과 같았을 것이다. 낚시나 바둑에 대한 일화는 참으로 많다. 강태공이 세월을 낚는 낚싯대 이야기도 있고, 바둑에 심취해 도끼자루가 썩는 줄 모르고 있는 나무꾼의 이야기도 있다. 이 두 가지가 가지고 있는 취미는 공통점이 있다. 기다림이라는 끈기와 냉정을 잃지 않는 자신의 절제를 요구한다.

낚시를 하면서 샤오판과 많은 이야기를 나누었다. 그동안 함께 지내오면서 샤오판은 다재다능한 사람으로 아니 무엇이든 해결할 수 있는 사람으로 각인되고 있었다.

취미가 낚시라는 말에 낚시와 오토바이를 즐기는 사람은 사위로 삼지 않는다는 속설도 우스개로 늘어놓기도 했다. 이 물도 우얼쒼허에서 흘러온 물이냐고 물었더니 아니라고 하면서 강 이름은 모른다고 한다.

시간을 내어 지도를 살펴보았다.

우얼쒼허는 베이얼호에서 흘러 후룬호 동쪽으로 흘러들고, 지금 낚시를 하고 있는 씨치 부근을 흐르는 물은 커루룬허(克鲁伦河)로써 후룬호의 서쪽으로 흘러든다.

그리고 낮은 지대로 흘러가는 곳이 바로 만저우리 북부의 어얼구나허(额尔古纳河)다. 즉 외몽고에서 흘러들어와 러시아와 경계를 이루는 어얼구나허로 흘러 흑룡강을 만난다. 지리를 알면 나름대로 재미있다.

손자병법에서도 전쟁에 승리하는 중요한 부분에 지리편이 있다. 그만큼 지리를 잘 아는 군대가 승리할 수 있는 요건이 크다. 그러고 보니 만저우리의 후룬호는 지대가 높은 곳에 위치한다. 지리적으로 내가 모르는 것도 새삼 다시 알게 되었다.

양들이 초지가 있는 곳으로 이동하면 그는 만저우리로 돌아가 러시아에서 수입되어 오는 목재 가공 일을 할 것이다.

우리는 후룬베이얼에서 양을 키우며 살아가는 사람들의 이야기도 나누었다. 만저우리와 하이라얼을 중심으로 살아가는 목민들은 대부분 몽고족이라고 한다. 예전에는 단순히 가축을 키워 팔면서 얻은 소득에 의존하는 것이 일반적이었지만 지금은 관광 산업으로 발전하였다.

여름 초원에 질서정연한 멍구빠오 군락과 말들이 있는 울타리를 보면 늘 자가용을 타고 온 관광객으로 들끓는다. 말을 타고 초원을 달리면서 여행자들은 며칠씩 묵기도 하고 하루의 유희를 만끽하고 돌아가기도 한다. 이렇게 얻는 소득이 가축을 사육하는 것에 비해 더 많다고 한다.

나는 샤오판에게 내가 양(羊) 띠라고 했다. 동양권에서는 태어나면 '십이지간(十二支干)'이라는 열두 동물 중 한 가지를 가지고 태어난다. 그리고 이상하게도 그가 살아가는 동안 태어난 해의 동물과 닮은 성격을 소유한다. 실제로 사람들을 만나 생활해 보면 그런 것 같다.

내가 태어난 해는 을미생으로 공교롭게도 양에 해당한다. 어릴 때는 부모님이 늘 '염생이' 띠라고 했다. 어린 그 당시에는 염생이라는 또 다른 동물이 있는 줄 알았다. '염생이'는 염소의 방언이다. 양과 염소는 생김새가 비슷하여 일반 사람들에게 구별하라고 하면 차이점을 말하기가 쉽지 않다.

양은 면양과 산양으로 크게 두 종류로 분류한다. 그리고 이 산양이 바로 염소에 해당한다. 양과 염소의 외모상 가장 구별하기 쉬운 곳이 턱수염과 꼬리 부분이다. 염소는 턱에 수염을 달고 머리에 뿔을 가진다. 면양은 수염이 없고 뿔은 있기도 하지만 대부분 없다.

그리고 양과 염소의 큰 차이점은 양은 무리지어 행동하지만 염소는 그렇지 않다. 또 양은 초원의 풀을 먹이로 하는 이유로 늘 평야지에서 활동하는 경향이 많고, 염소는 풀도 먹지만 산지로 다니며 나뭇잎도 섭취한다. 그러고 보면 생활력이 염소가 더 강하다고 할 수 있다. 우리나라 남해안 섬에서 한두 마리씩 흩어져 돌아다니는 것이 바로 염소다.

끝으로 염소는 꼬리가 짧지만 양은 꼬리가 둥근 덮개 모양을 하고 있어 항문을 가리는 역할을 하는 듯이 보인다. 걸어가는 뒷모습을 보면 펄럭이는 꼬리가 무척 귀여워 보인다. 양과 염소에 대하여 이번 여행을 통해서 알게 된 짤막한 상식의 이야기일 뿐이다.

이번에 양과 소떼들을 몰고 가는 과정에서 열두 가지 동물 중 뿔이 있는 동물이 바로 이 두 동물이라는 것을 느꼈다. 그리고 4개의 위가 되새김질을 하는 반추동물에 해당한다. 되새김질을 하는 동물은 이런 유형의 포유동물로 낙타나 사슴도 해당된다.

이 가축들은 주로 소화하기 힘든 섬유소가 있는 풀을 먹는 초식 동물들이다. 이 두 동물은 평소에는 성격이 아주 순하다. 그러나 누군가가 괴롭히거나 하면 참다가 한 번씩 뿔을 들이댄다. 즉 성질을 부린다는 얘기다.

우리는 오랜만에 한가한 시간을 즐기고 있었다. 산들바람이 커루뤈허에서 살랑거린다. 가끔씩 길을 오가는 사람들도 내려와 잡은 고기를 보고는 한두 마디씩 하고 지나갔다. 낚시에 올라오는 고기는 주로 피라미이지만 큰 붕어도 올라오고 관상용인 큰 황금어도 올라왔다.

얼마 지나지 않아 큰 통에 고기가 가득 찼다. 그리고 트럭에 물을 담을 때쯤 판리차이도 트랙터를 몰고 뒤이어 왔다.

양들이 있는 곳으로 갔다.

모두들 트럭의 그늘에 앉아 있다. 샤오판 부인은 돌아온 나를 보고 갑자기 '차이라우스'(蔡老師)라고 하면서 친근하게 다가온다. 모훙리가 내가 교사였다고 해서 이렇게 불러 이들도 따라서 그렇게 부른다.

나는 그들이 묻지도 않는 이틀 동안의 일들에 대해 이야기를 했다. 제일 기억에 남는 것이 바오똥 마을에서 신축중인 붉은 벽돌집 벽에서 소변을 보고 나오다 무서운 개를 만났을 때 우리 두 마리의 개들이 제일 먼저 생각났다고 했다. 그리고 후뤈호의 기우제와 씨치에서 공안을 만난 이야기 그리고 끝으로 몽고족의 축제를 보았던 이야기를 늘어놓았다. 샤오판 가족 모두는 나의 즐거웠던 이틀을 덩달아 기뻐해 주었다.

개들도 내 앞에서 다시 만났다고 재롱을 부리고 말도 나의 쓰다듬는 손에 공손하기만 하다. 헤어졌다 다시 만나는 기쁨을 동물들도 아는가 보다. 말 못하는 동물이기에 그들에게 주는 정이 더욱 애절하기만 하다.

양을 따라 다시 길을 떠났다.

세발양은 초지가 있는 곳에서는 놓아준다. 그러면 다른 양보다 다리가 불편한 걸음으로 고개를 더욱 흔들면서 걷는다. 가다보면 늘 뒤처지지만 그래도 게으른 양보다는 앞서기도 한다.

우리 인간도 본의 아니게 장애인으로 살아가는 사람들이 많다. 이들 중에는 장애를 갖지 않은 사람보다 더 능력을 발휘하기도 한다. 어찌 보면 장애인이기 때문에 더 많은 노력이 있었을 것이다. 그래서 가끔 이들을 보고 인간 능력 밖의 힘을 느끼곤 한다. 진정한 장애인은 정상적인 몸을 가지고도 게으르거나 잘못된 사고방식을 가지고 사회를 살아가는 사람들이 아닐까 생각해 본다.

초지가 있는 곳에서 잠시 휴식을 취하고 있었다. 그런데 뜻하지 않은 일이 벌어졌다. 판리차이가 다른 일에 집중하는 사이 시동도 꺼져있던 트랙터가 갑자기 시동이 걸리면서 움직이기 시작했다. 트랙터가 서서히 움직이더니 3미터 정도의 경사지로 내려갔다. 운전수 없는 트랙터는 계속 앞으로 가고 있다.

판리차이를 소리쳐 불렀다. 그가 급히 달려와 간신히 위험을 수습했다. 믿기지 않는 일이지만 유압선을 수리하는 과정에서 어떤 이상증세가 이렇게 나타나는가 하는 생각이 들었다. 만약에 굴러

내려가 전복이라도 되었다면 아무런 대책이 없었을 것만 같았다. 가슴을 쓸어내리듯 천만다행이다.

모홍리가 나와 헤어지면서 여러 가지 안전에 대한 주의 당부를 한 말들이 머리를 스쳐갔다. 무엇이든 사고가 발생할 것이라는 생각은 사람을 불안하게 만든다. 하지만 방심과 소홀함으로 인하여 생긴 결과에 대해서는 더욱 위험과 후회가 뒤따른다.

샤오판 부부는 이런 상황을 보고서도 아무렇지도 않다는 듯이 저 멀리서 바라만보고 있다. 이들은 오히려 오랜만에 한가한 시간을 얻은 듯이 다정한 모습으로 앉아있다. 사랑을 속삭이듯 먼 곳을 응시하며 앉아있는 모습이 아름답게 다가온다.

사랑은 포만감에 젖을수록 왠지 마음이 아파진다. 언젠가 반드시 다가올 이별의 슬픔을 안고 있기 때문은 아닐까. 젊은 날의 태양처럼 뜨거웠던 사랑도 서서히 식어가고, 노년에 서로의 애틋한 정만을 남겨두고 떠날 때는 애절한 눈물만이 흐른다. 그래서 사랑하기에 헤어진다는 역설적인 말이 생겨난 이유이기도 하다.

언제 떠날지 모를 시간만이 흘러가고 있었다.

초원의 푸른 바람대신 사막의 모래바람이 스쳐오는 후덥지근한 날씨가 이어지고 있었다. 갑자기 먹구름이 낮게 드리워진다. 비가 올 것만 같았다.

이곳 평원에 먹구름이 생겨나면 검은 버섯 모양의 구름이 하늘에 둥둥 떠다니는 것처럼 보인다. 그리고 대지의 뜨거운 수증기가 구름 기둥을 만들며 하늘로 올라가는 것을 볼 수 있다. 우리는 모두 마음이 조급해지고 있었다. 번개가 치고 천둥소리가 들려왔다. 우리 모두는 풀어놓았던 짐을 정리하고 가까이 머무를 장소를 찾고 있었다. 양들도 안간힘을 쓰듯 짧게 자란 풀을 힘겹게 뜯어 먹고 있다.

적당한 장소를 잡아 서둘러 우리를 설치하고 간단히 식사 준비를 하고 있었다. 샤오판 부인은 오늘 잡은 물고기를 요리하기 시작했다.

늘 양들이 돌아오는 시간에는 여러 가지로 바쁘다. 우리 설치하랴. 텐트 설치하랴. 음식 준비하랴. 트랙터에서 잡다한 짐 내리랴. 아주 한 시간 정도는 바쁘다.

비가 내리기 시작했다. 트럭에 기다란 막대기를 비스듬히 걸치고 비닐을 덮어 식사자리를 만드는 와중에 반찬은 빗물에 축축해져있다. 이럴 때는 비를 피할 수 있는 어느 집 처마 밑이라도 있었으면 좋겠다. 허름한 집이라도 상관없다.

밀가루로 간단히 만든 수제비와 오늘 잡은 물고기 반찬이 저녁 식사의 전부다.

중국을 다니면서 우리나라와 똑같은 분위기의 수제비는 처음 맛을 본 것 같다. 샤오판 부인은 이런 음식을 먹어보았느냐고 물어왔다. 나는 우리나라의 오랜 전통으로 비가 오거나 날씨가 궂으면 가끔 수제비를 먹는다고 했다. 지금은 도시의 식당에서 수제비만을 만들어 팔기도 한다.

눈물 젖은 빵을 먹어보았느냐는 슬픈 시절의 이야기를 대변하듯 사람들에게 비에 젖은 음식을 먹어 보았느냐고 묻고 싶다.

비가 내리는 가운데 어둠이 짙어지니 아무것도 할 수가 없었다. 우산도 준비되지 않은 생활이다. 소변이라도 마려우면 고스란히 비를 맞아야 하고 칫솔질을 하러 가기도 귀찮아진다. 이럴 때는 그나마 가지고 있던 껌을 씹어 입안의 음식물 찌꺼기를 가시는 정도다.

양을 몰고 오면서 어느새 목가적인 아름다운 생각은 사라지고 삶의 몸부림만 남았다. 나는 어쩌다 하는 여행의 경험이지만 이들에게는 고달픈 생활의 일상처럼 느껴진다.

교사 시절에 교직원 연수로 강원도 대관령의 양 목장을 견학한 적이 있었다. 아이들을 데리고 온 가족 단위 또는 초등학생들이 양 목장을 찾아와 뛰노는 양들을 보면서 즐거운 시간을 보내는 것을 보았다. 사실 우리나라에서는 이곳이 아니면 양을 보기가 어려울 정도로 별로 사육되지 않고 있다. 물론 그것은 넓은 초지를 갖지 못하는 지리적 환경이 가장 큰 문제이기도 하다.

그러나 내몽고 지역은 광활한 초지를 형성하고 있어 대목장을 가지고 생업에 종사할 수가 있다. 참으로 부러운 땅이다.

오늘은 차의 좁은 공간인 뒷좌석에서 샤오판과 함께 잠을 자기로 했다. 옷이 축축이 젖은 채로 누우니 고향생각도 나고 집 생각도 그리워진다. 하지만 어쩌다 한번 경험하는 기회라는 생각을 강하게 가질수록 후회도 멀어져만 갔다.

가장 힘겨웠던 하루

아침에 일어나니 비를 맞으며 밤을 보낸 양들이 벌써 떠났다.

샤오판은 이제 일주일이 지나니 양들도 지쳐 하루 가야할 거리를 줄여야 할 거라고 한다. 하루하루가 지날수록 양들의 힘든 걸음으로 인하여 부상을 입는 양들이 늘어나고 있었다. 축축한 대지를 밟으며 짐들을 정리하고 있는데 갑자기 도로에서 우리 트럭을 보고 교통경찰이 뭐라고 소리를 지른다. 몇 대의 화물차가 도로에 비스듬히 멈추어 있어 도움을 요청하는 줄 알았다.

샤오판이 다녀오더니 운전면허증 검사가 있었다는 것이다. 이렇게 도로에서 갑자기 면허증 검사를 한다고 한다. 소지하지 않기만 해도 150원 정도의 벌금을 문다고 한다. 우리나라는 주민등록번호만 제시해도 면허증의 유무를 쉽게 알 수 있다.

어제 비로 모든 것이 어수선한 상황에 소시지로 아침 식사를 대신했다. 내가 오랜만에 양들과 함께 걷고 싶다는 말에 피곤할 테니 차를 타라고 한다. 내가 알아서 하겠다고 하면서 자가용을 타고 양떼무리를 찾아갔다.

시원한 날씨라 그런지 오히려 양의 걸음도 무척 빨라진다. 햇살이 비치니 언제 그랬느냐는 듯이 대지는 다시 메말라갔다. 차에서 내려 양들과 함께 걸었다. 이제는 내가 몽고 초원을 누비는 유목민의 자세가 묻어나는가 보다. 차를 타고 가던 샤오판이 나를 향하여 최고라는 의미로 엄지손가락을 펴 보인다. 샤오판 어머니가 가지고 다니는 막대를 달라고 하여 내가 들고 다녔다. 가끔씩 막대기에 단 광천수 병을 땅에 내리치면서 잠시 흥을 내보았다.

뒤처지면 앞서간 양들이 먼저 풀을 뜯어 먹기 때문에 서로 앞서려고 욕심을 부리며 빠른 걸음을 할 때도 있다. 그 속에서도 음매소리를 하면서 가다가 어미를 만나면 아니 어미가 새끼를 만나면 약속이나 한 듯이 젖을 내주고 젖을 먹는다. 젖을 먹을 때는 어미는 주변을 살피는 듯 하고 새끼는 앞발을 낮추면서 머리를 어미 배로 들이민다.

그리고는 주둥이로 어미의 젖을 쿡쿡 찌르듯이 세내 번 정도 치켜 올린다. 젖을 먹는 시간은 그리 길지 않다. 내가 몇 번 사진을 찍으려다 실패를 할 정도의 시간이다. 양은 젖꼭지가 네 개가 있는 소와는 달리 두 개다. 그리고 예전에 몽고를 여행하면서 보았는데 말의 젖꼭지도 양과 똑같이 두 개다.

가끔 티비의 동물농장이라는 프로그램을 통하여 동물들의 새끼 사랑에 대한 이야기를 보고 듣는다. 그럴 적마다 모성애에 대한 진한 감동을 느끼곤 한다. 때로는 인간이 동물보다 못한 행동을 보일 때는 참으로 안타깝기 그지없다.

동물의 젖에는 단백질이 풍부하다. 예전에 티비를 통해서 보고 들은 기억이 있다. 몽고족의 기마민족이 병사의 열세에도 불구하고 금나라 병사를 물리친 역사가 있다. 그 전쟁에서 승리할 수 있었던 가장 큰 이유를 음식으로 이야기를 하는데 흥미로웠다.

말이나 양 등의 가축의 젖을 먹으면 베고픔을 오랫동안 느끼지 않는다고 한다. 탄수화물로 구성된 곡식을 주식으로 하는 금나라 병사들이 일찍 피로감을 느껴 힘을 쓰지 못했다는 것이다. 전쟁의 성패가 이렇게 생각지도 않은 사소한 것에서 기인한다는 것이 놀랍기만 하다.

몽고를 여행하면서 바짝 말린 말고기를 작게 썰어 쌀과 함께 넣어 끓여 만든 음식을 먹은 적이 있다. 실제로 한동안 베고픔을 느끼지 않았다.

곡식을 재배함으로써 인간의 수가 급격히 늘어나기 시작했고, 동물의 젖을 섭취함으로써 유목을 따라 멀리 원정의 길을 떠나면서 문명의 교역도 가능해졌다는 것이다. 인류의 역사이야기는 언제 들어도 흥미롭기만 하다.

갑자기 한 마리의 양이 초지의 망가진 울타리를 넘어 들어갔다. 양은 무리 속에 섞이려고 나오려 하지만 철사망이 있어 나오지를 못하고 헤맨다. 오토바이를 타고 간 샤오판 아버지가 애를 먹고 있다. 이때는 개들도 소용이 없다. 열려져 있는 문이 있거나 나올 수 있는 엉성한 철사망의 공간이 있으면 다행이다. 이런 상황에서는 한 명이 따라가며 신경을 써야 한다.

중국 우화 중에 이런 이야기가 잠시 생각났다.

어느 날 양을 잃어버린 옆집의 하인이 양자의 집을 찾아왔다. 하인은 우리 집의 양이 숲 속으로 도망가 찾을 수가 없다고 하면서 양자 집의 하인을 보내 달라고 청했다. 양자는 그렇게 하라면서 하인들을 보내 주었다.

늦은 오후가 되어서야 하인들이 돌아왔다. 양자는 양을 찾았느냐고 하인들에게 물었다. 하인들은 갈림길이 많아 찾지 못했다고 했다.

제자들을 가르치고 있던 양자는 한동안 말이 없었다. 이를 바라본 제자 중 하나가 스승인 양자에게 말했다. '양 한 마리를 잃어

버렸는데 무엇을 그렇게 상심하고 계시느냐고….'

양자는 한동안 가만히 있다가 말문을 열었다.

'내가 한 마리 양을 잃어서 상심하는 것이 아니다. 갈림길이 많아 양을 찾지 못하듯이 학문도 이와 같다. 오직 한 가지 일에만 마음을 기울이지 못하고 이것저것에 헤맨다면 아무것도 이루지 못할 것이다. 너희들이 바로 이와 같을까 염려하는 것이다. '라고 말했다.

이런 비유적인 우화를 접할 적마다 현인들 그리고 철학자들의 고뇌가 우리들에게 많은 것을 일깨워 준다는 생각이 든다.

간신이 양이 울타리를 나와 제자리로 돌아왔다. 하지만 이번에는 보이지 않는 어느 들판에서 샤오판 아버지의 오토바이가 고장이 났다고 한다. 늘 덜컹거리는 초원의 길은 말을 타고 가는 사람도 쉽게 지치게 만든다. 샤오판 어머니가 오더니 트럭에 올라 무거운 공구를 꺼내어 어디론가 향하고 있다.

그런데 설상가상으로 잠시 개울가에 물을 뜨러 간 자가용도 개울의 진흙 구덩이에 빠졌다고 한다. 판리차이와 함께 그곳으로 트랙터를 가지고 견인하러 갔다. 상황을 보니 진흙탕에 빠져버린 한쪽 바퀴로 인하여 차가 옆으로 곧 넘어질 것 같았다. 급히 밧줄을 매고 기울어진 옆에서 모두가 차를 떠받히듯 하면서 트랙터가 당기기 시작했다.

개울의 흙탕물이 바짓가랑이에 그대로 묻어난다. 몇 번의 헛바퀴가 돌았다. 우리는 다시 주변의 나뭇가지와 돌들을 모아 바퀴

밑에 깔았다. 그러고 나서야 힘겹게 진흙탕을 벗어날 수 있었다.

오늘따라 여러 가지로 일이 안 풀리는 기분이다. 다시 원래의 상황으로 돌아오는 데는 두 시간 이상을 소비했다.

그래도 우리 모두는 아무 일도 없었다는 듯이 길을 떠났다. 큰 일이라고 부닥친 일에 두려워하고 당황해 하지만 막상 지나고 보면 대수롭지 않은 일들이 많이 있다. 오늘 우리가 이랬다.

양들이 지쳤는지 떠나려 하지 않는다. 양들은 피곤하면 떠나지 않는다. 그들은 본능적으로 움직이기에 우리는 양들의 행동을 이해하고 따라야 한다.

잠시 도로에 있는 정자에 앉았다. 후뤈호의 풍경구인 금해안(金海岸)이 6㎞ 정도 떨어진 곳에 있다는 도로 표지판이 눈에 들어온다. 당연히 이런 풍경구를 여행하고 싶은 마음이 없지 않았다. 하지만 이런 상황에서 그런 생각을 하는 자신이 미워진다. 지난번 후뤈호에서 기우제 행사를 본다고 이틀 동안 헤어졌을 때도 마음이 편치 않았었다.

휴식을 가진 후 천천히 걸음을 계속했다. 좁은 길을 지나게 되었다. 좁은 길이라는 것은 초지의 울타리와 구도로사이의 공간을 말한다. 공간이 보통 100미터 정도는 되어 보이는데 좁은 곳은 30미터 정도밖에 안 된다. 천오백 마리가 지나가기에는 매우 좁아 보인다.

갑자기 양들의 행렬이 길어지고 있다. 앞에 가는 양들이 보이지 않을 정도다. 이때가 가장 양들을 데리고 가는데 힘이 든다고 한다.

앞에 무엇이 나타났는지 양들이 멈추었다. 멈춘 사이에 뒤에 가는 양들과 합쳐지고 있었다. 뒤에서는 계속 걸어가고 앞에는 멈추어 있으니 양의 무리가 옆으로 퍼질 수밖에 없다.

한 마리의 양이 울타리를 넘어가면서 몇 마리의 양도 울타리를 넘는다. 울타리 철사망에 발이 걸리는 양도 있다. 반대편 구도로에도 양들이 도로를 넘어가려고 하고 있다.

말을 탄 샤오판 이모부는 울타리 철사망을 넘는 양들을 몰아내느라 애를 먹고 있다. 철사망에 걸린 양을 이모 아들이 팽개치듯 울타리 밖으로 내던진다. 도로에서는 오토바이를 탄 샤오판 아버지가 양 행렬의 앞과 뒤를 오간다. 두 마리의 개도 눈치를 채고는 도로의 양들을 몰아내고 있다. 나는 샤오판이 시키는 대로 중간쯤에서 양들이 합쳐지지 않도록, 그리고 양들이 더 이상 다가오지 못하도록 가로막고 있었다.

한동안 아수라장이 된 상태다. 앞에 몇 대의 공사 차량이 지나가면서 일어난 상황이라고 한다. 그러면서 샤오판은 양들은 위험에 매우 민감하게 반응한다고 말한다.

잠시 양들이 머문 자리에 앉았다. 바지를 보니 철망에 걸렸었는지 나의 옷도 헤져 있었다. 게다가 신발코도 구멍이 나 있다. 급한 상황에서 나도 모르게 이리저리 바쁘게 움직였는가 보다. 샤오판 부인은 마을을 만나면 슈퍼에서 바늘을 사서 꿰매 주겠다고 한다. 나의 능청은 언제나 빛을 발한다. 신발도 꿰매 주고 나의 아픈 마음도 꿰매 달라고 하면서 아양을 부리기도 했다.

가냘프지만 강한 면을 보이던 샤오판 어머니도 오늘은 지쳤는지 풀숲에 누워버린다. 누워있는 모습을 보고 있었다. 얼굴 표정에는 생활의 불평도 없이 평온해 보인다. 아니 체념한 표정은 아닐까도 생각해 보았다. 늘 국방색 옷을 입고 다니는 샤오판 아버지나 이모도 나란히 누워버린다.

사람은 태어나서 운명처럼 자신의 생활을 안고 살아간다. 대부분의 사람들은 그 생활이 행복하든 불행하든 숙명처럼 받아들인다. 가끔 어려운 생활을 극복하고 딛고 일어서는 사람을 주변에서 본다. 그러나 흔치 않다.

늘 샤오판 아버지의 오토바이를 따라다니는 두 마리의 개도 오늘따라 헉헉거리며 혀를 더욱 길게 늘어뜨리고 힘없이 걸어오고 있다. 다가가서 땅바닥에 길게 누운 개를 쓰다듬어 주었다. 주인을 위해 충성을 다하는 행동이 그저 고마울 뿐이다.

오늘도 비가 내릴 것처럼 구름이 낮게 드리워져 있다. 바람까지 스쳐가니 날씨도 쌀쌀해진다. 오늘따라 나 역시 마음이 왠지 무겁게 느껴지는 기분이다. 슬쩍 자가용에 있는 고량주와 소시지를 들고 나왔다. 이를 본 샤오판이 나를 따라왔다. 우리는 양들을 바라보면서 초원에 앉아 술잔을 기울이며 이야기를 나누었다.

샤오판은 나보다 스무 살이나 어리지만 친구다.

형은 하북성 어느 도시에서 직장 생활을 하고 자신이 부모님과 함께 생활하고 있다고 한다. 자신도 어쩌다 이곳 만저우리에 와서 일하게 되었는지 알 수 없다고 한다. 아직은 부모님이 활동을 할 수 있어 다행이지만 더 연로해지시면 매우 생활이 힘들 것 같다고 한다. 나 역시 교사라는 평범한 직장 생활을 하기까지는 어려운 시절도 많았다고 했다. 중학교 시절 3년 동안의 학업을 중단한 공백

기도 있었고, 대학 졸업 후 1년 동안 취직을 못해 서울에서 힘든 시절을 보냈다고 했다. 어려운 시절이 있으면 반드시 좋은 시절도 있을 거라고 그를 위로해 주기도 했다. 우리네 인생길에 수없이 놓인 지뢰를 나만이 운 좋게 피해 나갈 수 있다고 생각하는 것은 욕심이다.

우리 인생이 그리 짧지만은 않다. 우리가 일생을 살아가면서 세 번의 기회가 있다고 한다. 그러한 기회는 청년의 시기, 장년의 시기, 그리고 중년의 시기에 우연히 찾아온다. 어떤 사람은 그 기회를 놓쳐버리기도 하고 어떤 사람은 찾아온 기회를 잡아 명예를 드높이거나 큰 부자가 되기도 한다. 찾아온 기회를 놓치지 않는 사람은 대부분 좌절하지 않고 꾸준히 노력하는 자의 몫으로 남는다.

하지만 가끔은 절망과 좌절의 시기도 찾아온다. 그래서 인생은 희로애락이라는 말을 남기며 흘러가고 있는 것이다. 기회와 좌절은 주로 사업하는 사람들에게서 많이 볼 수 있다. 변화무쌍한 사회의 환경에서 늘 자신의 고독한 판단이 요구되기 때문이다.

내 주변에도 한때는 잘나가는 유명인으로 행세하다가 졸지에 죄를 저질러 모든 명예가 사라지기도 하고, 어떤 이는 돈을 잘 번다고 하다가 금세 빚쟁이로 전락하는 것을 보았다. 이러한 모든 일들을 다 포용한 노년의 시기에는 과거의 생활을 다 정리할 시기다.

한 잔의 술이 들어가니 추위를 덜 느낄 수 있어 좋았다.

양들의 움직임이 더욱 느려지고 있다. 가야 할 목적지까지는 서둘러야 한다. 샤오판 어머니와 이모는 막대기에 달고 있는 광천수병으로 땅을 치며 양들의 걸음을 재촉했다. 우리는 트럭과 트랙터를 앞세워 하루 휴식의 공간을 정했다. 느긋하게 양의 울타리를 치고 텐트도 설치하고 주방도구를 내려 음식 만들 준비를 하고 있는 가운데 양들이 저 멀리서 다가오고 있다.

그런데 오늘은 샤오판 이모부가 갑자기 양을 한 마리 잡았다. 트럭에 실은 삐죽 나온 막대에 매달려 있는 그 모습이 너무도 처참해 보였다. 나는 차마 생명이 끊어지는 순간을 볼 수가 없었다. 아니 보고 싶지가 않았다는 표현이 더 어울릴 것 같다. 걸어오면서 보았던 양들의 힘겨운 발걸음이 가엽다는 생각과 이율배반적이라는 생각이 더 마음을 짓누르고 있었기 때문이다. 이 상황을 빨리 잊으려고 노력했다.

그러면서도 나는 언뜻 생각난 '갈라하'라는 양의 뼈를 잘 챙겨달라고 했다. 이 뼈는 양의 뒷다리에서 대퇴부와 종아리 다리를 연결하는 이음매 역할을 하는 것으로 이 뼈가 양의 다리를 자유롭게 움직이게 하는 작용을 한다.

샤오판 이모부는 '갈라하'가 작용하는 모양을 직접 뼈를 움직이면서 보여준다. 이 뼈를 가지고 아이들은 공기놀이를 하는 장난감으로 사용하기도 한다. 아름답게 여러 가지 색을 칠해 놓은 것을 보면 장신구나 장식품으로도 훌륭한 가치를 가진다.

샤오판 이모부도 늘 기계의 결함이 있으면 와서 고장 난 부분을 잘 해결하곤 한다. 오토바이 트럭 트랙터 말 무엇이든 능숙하게 다룰 줄 안다.

그런데 오늘 양을 잡는 솜씨도 놀라웠다. 털가죽을 벗겨서 내장을 꺼내고 부분별 고기를 절단하여 삶기 좋은 적당한 크기로 잘 잘라놓는 데는 오래 걸리지 않았다.

양들이 도착했다.

우리로 들어갈 때는 언제나 마음이 뿌듯하다. 무언가 큰 재물이 들어가는 듯한 기분을 가진다. 이들에게는 이 양들이 재산의 전부이기도 하다.

샤오판 이모부가 양들 중에서 한 마리를 골라낸다.

꼬리가 새까맣게 썩어 들어가고 있다. 나와 판리차이는 양을 뉘어놓고 움직이지 못하도록 다리를 잡았다. 자신을 해칠까봐 몸부림치는 힘이 대단하다. 겨드랑이로 양의 목까지 눌러야만 했다. 모든 것이 양을 위해서 한 행동이다. 샤오판 이모부는 작은 나뭇가지로 상처 난 부분의 검은 부분을 제거하고 소독약을 발라 주었다.

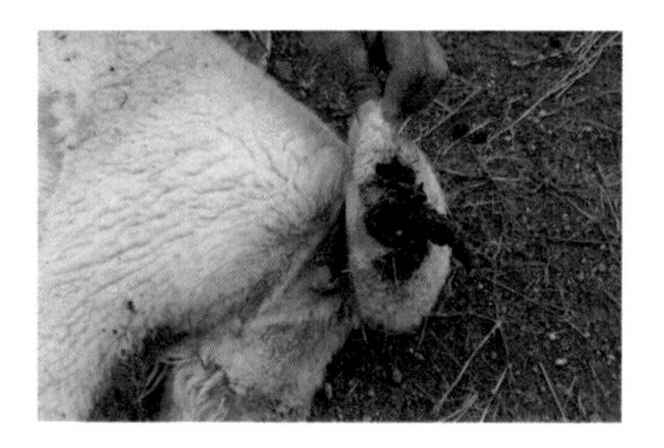

저녁 식사로 푸짐한 양고기가 식탁에 올려졌다. 오랜만에 맛보는 고기라고 욕심을 부렸는지 급하게 먹다가 뜨거운 탕국물에 입천장을 데이고 말았다. 입천장의 살결에 물집이 생기니 여간 불편하지가 않다. 음식을 먹을 때 늘 급하게 서두르다보면 자신의 혀를 깨물기도 한다. 천천히 먹으라고 일러주는 내 몸의 신호일 거라고 스스로를 위로했다.

모처럼 일찍 양고기를 먹으며 고량주 한 잔을 마시니 그동안의 피로도 술기운에 멀리 사라지는 기분이다. 고량주는 보통 알코올

도수가 50도를 넘는 술들이 대부분이다. 중국의 각 지방마다 술의 맛이 다른 특산주들이 생겨나고 있지만 나는 그 맛의 차이를 느끼지 못한다. 그저 마시고 즐거우면 그것으로 족했다.

흑룡강성의 치치하얼에는 '베이따창저우(北大仓酒)'라는 유명주가 있다. 내가 알기로는 흑룡강성에서 제일가는 특산주라고 생각한다. 그곳 친구들은 함께 식사할 때면 특별히 나를 위해 이 술을 주문해 주었다. 맛이 특별한 것을 느끼지는 못했어도 그들이 대접해 준 각별한 마음에 늘 고마워했다.

오랜만에 모두가 한자리에 모여 여유로운 식사를 즐겼다. 물론 두 마리의 개도 고기 뼈를 씹으며 포식을 했다. 말에게는 옥수수 사료를 먹여 주었다. 하루 중에 말이 먹을 풀이 적었다 싶을 때는 이렇게 옥수수 사료를 통에 담아 주곤 한다. 우리뿐만 아니라 가축 모두가 배부른 밤을 맞이한 행복한 시간이다. 오늘 하루 힘들게 걸어온 보상이라고 생각했다.

나는 귀국 후 양고기의 특징을 인터넷으로 찾아보았다.

양고기는 "저칼로리, 저지방, 고단백, 고칼슘으로 다이어트에 좋으며, 수술 후 원기회복과 상처 치유촉진을 위해 의사들이 권하는 음식이다." 라고 쓰여 있다. 이렇게 좋은 줄 알았으면 기회가 있을 적마다 억지로라도 많이 먹고 다닐 걸 하는 생각이 들기도 했다. 사실 고기를 두 세끼 정도 계속해서 먹으면 배가 느끼하여 부담을 느끼곤 한다. 어얼뚜어쓰의 영리회사 사장의 대접을 받을 때도 그랬고, 지난겨울 하이라얼의 쑤허라는 친구와 사흘간을 함께 지낼 때도 그랬다.

양고기는 1년 미만의 어린 양고기를 '램(Lamb)', 1년 이상의 양고기를 '머튼(Mutton)'이라고 부른다. 우리나라에는 그 동안 머튼이란 양고기를 수입하여 오다가 최근에는 호주산 양고기로 어린 양고기인 '램'을 수입한다고 한다. '램'은 냄새가 적고 육질이 연하여 더욱 선호한다.

중국의 목장 초원이나 시장거리를 가보면 양꼬치를 만들어 판다. 신강위그루자치구의 우루무치(乌鲁木齐) 남산목장에서 양꼬치를 배불리 먹은 적이 있다. 그리고 시장거리의 보행가 거리에서 불로 이글거리는 양꼬치를 굽는 연기와 냄새를 맡으며 걸어보기도 한다. 한여름 밤에 길거리 식탁에 앉아 양꼬치와 맥주 한 잔을 곁들이면 맛과 함께 그 풍취에 젖어 나름대로 여행의 멋을 느낀다.

잊을 뻔한 나머지 한 개의 갈라하를 찾으니 보이지 않는다. 이상하여 물으니 개에게 준 고기에 들어갔을 수 있다고 한다. 아쉽지만 배낭에 하나를 챙겨 넣었다.

오늘 하루는 힘든 시간이 많았다. 일찍 잠자리에 들려 하는데 양들의 울음소리가 시끄럽게 들린다. 경사진 곳에 설치한 양우리가 무너져 버렸다. 모두들 급히 나와 양우리를 다시 세우고 양들을 울타리 안으로 들여놓았다.

양우리가 무너져 잠시 난리를 겪었지만 어제의 빗속에서 서글픈 시간보다는 훌륭한 밤이다. 이후로 우리는 울타리를 설치할 적마다 철망과 철망을 끈으로 묶기도 하고 양의 물통을 지지대로 설치하곤 했다.

생각해 보니 벌써 일주일이 지났다.

오늘이 칠월 칠일 견우직녀가 만난 날이다.

'견우직녀'의 이야기는 어린 시절에 들은 적이 있다. 그 내용은 아주 희미하게 남았을 뿐이다. 이 이야기는 본래 중국 고대사의 설화에서 생겨난 이야기다.

하느님이 견우와 직녀라는 두 남녀의 사랑을 맺어 주었다. 하지만 이들은 사랑에 빠져 게을러지기 시작했다. 보다 못한 하나님이 다시 이들을 갈라놓았는데 칠월 칠일만 되면 은하수의 별들 중에 이들이 있는 두 별이 가장 가까이 위치한다고 한다.

하나님은 이때 한번 만나도록 허락을 했다. 하지만 은하수를 사이에 두고 건널 수 없을 때 수많은 까막까치가 날아와 다리를 놓아준 것이 오작교(烏鵲橋)다. 그래서 오작교는 애틋한 사랑의 상징교로 전해진다. 이때 비가 오는 이유가 바로 사랑의 눈물이고, 다음날 비가 오는 것은 헤어져야 하는 이별의 슬픈 눈물이라고 한다.

이런 설화를 접할 적마다 우리는 아름다운 기억을 남긴다. 이별 없는 만남이 어디 있으며, 아픔 없는 사랑이 어디 있겠는가. 우리네 인생길도 가는 것 없이 어디 오는 것이 있겠는가.

뿌얼뛴을 지나다

아침에 일어나니 깊은 잠에 빠졌을 때 세찬 바람과 거센 비가 지나갔다고 한다. 텐트를 나오니 대지가 축축하다. 추위를 못 이겼는지 피로를 못 이겼는지 또 한 마리의 늙은 양이 죽었다. 텐트도

하나 부서져 버려야 했다. 울타리에 걸어둔 수건과 양말조차도 바람에 어디로 날아가 버리고 말았다. 세발양은 트랙터에 싣고 새끼양도 어미를 찾아 잠시 젖을 먹인 후 차에 태웠다.

오늘은 아침에 판리차이에게 사진을 찍는 간단한 기본 상식을 가르쳐 주었다. 늘 찍을 적마다 마음에 안 들었기 때문이다. 구도와 배경 적정한 공간 등을 말하다 티비 화면처럼 찍으면 최고라고 일러주었다. 이후로 판리차이는 몇 번의 나의 지적을 받은 후 만족스럽게 사진을 잘 찍어 주었다.

그동안 중국을 다니면서 중국인의 사진 찍는 것에 불만을 가진 적이 많았다. 다리를 절단하여 찍기도 하고 사람을 사진 정중앙에 오도록 하여 발이 공중에 뜬 것처럼 찍거나 보는 방향의 공간이 적어 답답해 보이게 찍곤 한다. 그럴 때마다 말하는 것도 귀찮았다. 그런데 판리차이는 영리하게도 그 후로는 나를 실망시키지 않았다.

비온 뒤 시원하듯 오랜만에 푸른 하늘 하얀 뭉게구름을 만났다. 원래 내가 그리던 초원의 하늘이 항상 이런 줄 알았다. 언덕에 태양광 전지판이 몇 개 놓인 곳에 통신탑이 보였다. 판리차이가 그곳으로 가자고 했다. 그곳에서는 핸드폰으로 통신이 가능할지도 모른다고 한다.

우리는 핸드폰을 충전하려면 차 안에서 충전선를 이용해 충전하거나 트럭의 배터리에 연결하여 충전을 했다. 트럭의 배터리는 강해서 그런지 자가용보다는 훨씬 시간을 단축할 수 있었다. 아무리 통신탑 주변을 돌아도 소용이 없었다. 그는 가끔씩은 통신이 가능한 곳이 있다고 말한다.

뿌얼뛴(布尔敦)이란 마을에 도착했다. 당연히 들려야 할 곳은 슈퍼다. 다시 그동안 부족했던 생필품을 구했다. 그리고 잊지 않고 바늘과 실도 샀다. 와이파이가 통하는 슈퍼에 들르면 핸드폰으로 고국의 가족과 친구에게 안부를 묻곤 한다. 고국의 가족이나 친구들에게 궁금해 하지 말라고 말을 하지만 매번 내가 궁금해 연락을 해보는 꼴이 되고 만다.

그들은 전혀 나에 대해서 아무런 걱정도 관심도 없는 듯하다. 어찌 보면 내가 마음이 편해지기 위해서 부산을 떨었던 것은 아닌가 생각해본다. 그래서 연락을 하고도 스스로 시큰둥한 모습으로 돌아서곤 했다.

마지막으로 슈퍼를 나올 때는 내 손에 항상 아이스크림은 붙어 다녔다. 이곳의 아이스크림은 질 좋은 우유를 첨가하여 아주 영양도 풍부하다. 동북에서는 겨울에도 기차 안에서 팔기도 한다.

슈퍼의 젊은 몽고족 주인이 한국인이라는 것을 알고는 티비에서 자주 들은 '~습니다.'라는 말을 하며 '한국인은 돈이 많다.'라는 말도 덧붙인다. 좋은 말은 아니다. 그 말 속에는 어디 외국을 나가면 지니고 다니는 돈 때문에 위험의 대상이 되기도 하기 때문이다.

양의 무리로 돌아왔다.

양들도 지쳐 삼삼오오 앉아버렸다 목적지를 가기에는 아직도 사나흘은 가야 한다. 잠시 여유로운 시간을 찾아 샤오판 부인은 내가 사온 실을 가지도 촘촘하게 그리고 가지런히 바지를 꿰매 주었다.

어린 시절 추운 겨울 집 뒤에 있는 냇가에서 썰매를 타다 젖은 양말을 말리면서 태워버린 적이 한두 번이었을까? 또 산에서 전쟁놀이 한다고 뛰어놀면서 해진 옷가지가 한두 벌이었을까? 양말의 뒤꿈치에는 늘 조각난 천이 붙어 있었고, 바지 무릎에는 커다란 검정 천이 붙어 다닌 것은 지극히 정상이었다. 샤오판의 부인을 보고 있노라니 호롱불 밑에서 나의 해진 옷을 꿰매 주시던 어머니의 모습이 스쳐간다.

샤오판 가족이 다시 길을 재촉할 때는 양떼의 무리들이 안쓰럽기만 하다.

나는 언젠가부터 양들이 움직이는 모습을 자세히 살펴보았다. 양들이 떼 지어 움직일 때는 반드시 그들을 이끌고 가는 지도자격인 양 한 마리가 있다.

가끔 지도자격인 양과 버금가는 또 한 마리의 양이 있기도 하다. 그럴 때는 잠시 양들이 방향을 벗어나 흐트러지기도 한다. 그러나 그들은 진정한 지도자가 누구라는 것을 이내 알아차린다. 둥글게 무리지어 가는 것 같아도 항상 앞서가는 꼭짓점이 있다. 그 꼭짓점에 서있는 양이 이 무리의 지도자다. 멀리 떨어져 뒤에 가는 양은 대표가 누군지도 모르고 그 무리에 속하면 된다.

우리 인간도 사회적 동물이기에 집단을 이루며 살아간다. 그리고 집단에는 항상 대표자가 있기 마련이다. 가끔 어떤 문제가 생기면 집단은 대표자의 의견을 듣는다. 이때 대표자는 가장 현명한 방법으로 여론이라는 카드를 들고 나온다.

여론은 다수결이라는 이름으로 서로의 의견이 충돌할 때 문제를 해결하는 가장 현명한 방법이다. 하지만 가끔은 심각한 오류를 범할 수도 있다. 왜냐하면 멀리서 따라가는 양들처럼 문제 관심 밖의 무리들이 있기 때문이다.

대표자는 그들의 힘을 자기가 유리한 쪽으로 이용할 수도 있다. 이처럼 여론은 현명한 선택의 도구로 이용될 수도 있고, 자신의 이익을 실현시키기 위한 악랄한 도구로 이용될 수도 있다.

그래서 옳지 못하게 사용될 때 우리는 여론몰이라는 말을 하게 된다. 여론이라는 도구를 어떻게 사용할 것인가는 대표자의 몫이고, 최종적으로 올바른 대표자를 뽑는 것은 우리의 몫이다.

동물은 단순히 집단을 이루며 살아간다. 하지만 인간은 집단을 이루면 반드시 조직이 형성된다. 집단과 조직에는 분명한 차이가 있다.

수평적 관계의 집단은 지키는 힘은 있어도 지배할 수 있는 힘은 없다. 수직적 관계의 조직에는 힘이 생긴다. 우리는 가끔 '조직의 쓴맛을 봐야 알지.' 하면서 힘을 과시하는 말을 사용한다. 조직의 힘은 쓰고 두렵다. 인간이 만물의 영장이라 자처하는 이유도 이렇게 조직을 형성하기 때문이다.

우리는 직장이라는 조직에서 상사를 모시고 일을 한다.

상사를 모시는 일이 얼마나 힘든가를 사람들은 잘 안다. 한 번은 직장 상사가 어떤 일을 계획하는 데 반대 의견을 내놓았다. 이때 상사로부터 왜 일을 해보지도 않고 부정적인 의견을 이야기하느냐고 질책 받았다.

또 한 번은 일을 그르치고 난 뒤에 의견을 내놓았더니 이번에는 왜 진작 말하지 않았느냐고 또 질책을 받았다. 상사의 마음을 읽는다는 것이 이만큼 어려운데 군주를 모시는 일이야 오죽하겠는가.

언젠가 감명 깊게 읽었던 일화가 있다.

재상이 임금을 초대하여 정자에서 술을 하면서 담소를 나누고 있었다. 임금이 멀리 보이는 풍경이 참 아름답다고 하면서 한그루의 나무를 가리키며 말했다. 저 나무로 인해서 앞이 잘 안 보인다고….

이 말을 들은 재상은 하인에게 나무를 베라고 말했다. 임금이 돌아가고 나서 재상은 잠시 생각하다가 하인에게 나무를 베지 말라고 다시 일렀다.

하인이 그 이유를 묻자 재상이 말한다.

'나무를 베지 않는다고 해서 죄를 물을 리는 없다. 하지만 다른 사람의 마음을 꿰뚫어본다는 것은 위험한 일이다.' 라고 말했다.

그렇다.

다른 사람의 마음을 너무 잘 꿰뚫어 본다는 것은 대단한 사람일 수는 있어도 현명한 사람은 못된다. 내가 감추고 싶은 마음을 다른 사람이 알고 있다는 것은 불편한 일이다. 훗날 늘 경계의 대상으로 남을 수 있기 때문이다.

우리는 초등학교 시절 양에 대한 우화를 읽은 적이 있다. 양은 우리에게 순하고 얌전한 동물로 기억되기도 하고, 희생과 제물의 상징으로 기억되기도 한다. 그래서 착한 백성을 순한 양에 비유하고 못된 군주를 늑대에 비유한다. 양은 늘 무리지어 행동한다. 함께 살아가는 삶에 익숙해 있다는 의미다.

백성은 조직을 형성하기 어렵고 군주는 이미 형성된 조직에서

군림한다. 그래서 나라를 움직이는 사람이 국민이 아니라 자기라고 생각할 때가 가장 위험하다. 우리가 지나온 길은 고독하고 포악한 늑대가 있는 따씽안링이란 삼림지역에서 멀리 있다. 그래서 안전하고 행복하다.

한편 늑대는 포악하다고 하지만 몽고인들에게는 유달리 상징적 동물로 인식되기도 한다. 이곳 초원지대를 다니다 식당이나 가정집에 가보면 강한 이빨을 드러낸 늑대의 그림이나 십자수가 눈에 자주 보인다.

사실 늑대는 소나 양 등을 잡아먹고 살지만 자신의 새끼들에게는 사랑으로 충만한 동물이다. 한 암컷만을 사랑하고 먹을 것은 늘 새끼에게 먼저 주고 또한 효자 동물이라고 한다. 야수성이 강해 인간이 길들이기 어려운 동물이지만 사람을 만나면 자신이 위태롭지 않는 한 숲속 저 멀리 자신의 몸을 숨기는 본능적 행동을 가진다.

양들은 한편으로는 풀을 뜯어 먹으며 걷고 또 걸었다. 이제는 아무 일도 일어나지 않기를 바랐다. 양들의 하루 걸음이 마무리되고 나서야 우리는 마음을 놓을 수 있다.

언젠가부터 나 역시 양우리를 설치하기 위한 철망을 세우고 뜯는 일이 능숙해졌다. 곱게 물든 붉은 태양이 지평선 아래로 서서히 내려앉는다. 붉은 띠를 두른 뭉게구름도 함께 내려앉는다. 지평선 아래로 태양이 가라앉을 때까지 나는 노을을 타고 구름 속을 헤매고 있었다. 황홀한 순간은 언제나 잠시뿐인가 보다. 이내 모든 것이 어둠 속으로 묻혀 버렸다.

저녁식사로 메추리알 같은 매끄러운 밀가루 음식을 준비했다. 보기에는 늘 보잘 것 없이 보여도 먹으면 짭짤한 맛에 맛있게 배를 채우곤 한다. 이런 상황에서 '찬밥 더운밥 가리느냐.'는 말이 어울리는 것 같았다.

텐트도 하나 부족한 상황에서 오늘은 샤오판 아버지와 샤오판 어머니 그리고 판리차이와 네 명이 조그만 2인용 텐트에서 자야만 했다. 이리저리 뒤척일 공간도 없다. 또 다른 텐트에서는 샤오판 이모부와 샤오판 이모 그리고 그들의 아들 셋이서 잔다. 샤오판 부부는 소형 자가용 뒷좌석에서 잔다. 샤오판 부부는 부모님 텐트에 늘 푹신한 솜이불을 깔아 드렸다. 이런 행동을 보면서 무척 효자라는 생각도 했다.

이 여정에서 판리차이는 때로 트랙터에서 자기도 하고 트럭에서 자기도 했다. 당연히 불편했지만 그렇다고 뾰족한 방법도 없다. 다행히도 파리나 벌레는 날아들어도 모기는 없다. 비가 오면 트럭은 창문이 없어 비를 그대로 맞는다. 트랙터도 늘 반쯤 열려있는 공간을 잠자리로 하기에는 너무 불편하기 때문이다. 번거롭지만 비가 오면 비닐로 창문을 덮어 안으로 빗물이 들어가지 못하도록 한다.

무섭지만 참을 수 없는 소변으로 텐트를 나왔다. 구름 사이로 보름달이 살며시 얼굴을 내민다. 옆의 양우리로 걸어갔다. 드넓은 평원에 타원형의 흰 비단 천을 깔아놓은 듯 달빛에 하얗게 드러나 있다.

모두가 곤한 잠에 빠져 있었다. 언제나 그렇듯이 불빛 하나 보이지 않는 초원의 밤이다. 오로지 빛이 있다면 하늘에 떠있는 둥근 달이 비춰주는 달빛뿐이다.

나의 발자국 소리를 듣고 양들이 잠시 꿈틀댄다. 어느 도시의 야경보다도 출렁이듯 양들의 꿈틀대는 그 모습이 더욱 아름다워 보였다. 다시는 볼 수 없을 것 같은 황홀한 달밤의 풍경이다. 오랜만에 아름다운 밤을 느낀다.

잠시 보름달을 바라보면서 나의 생에 대한 집착을 가져본다. 우리는 누구나 바라는 소망에 대한 기대를 저버리지 않는다. 그 소망이 반드시 이루어지는 것은 아니라 하더라도 미래에 대한 꿈을 갖는 것은 인간만이 소유한 특유의 자산이다. 노력한다고 반드시 성공하는 것은 아니지만 포기하면 반드시 실패한다는 말이 있다.

꿈은 미래의 희망일 수도 있고 지나간 일에 대한 기억일 수도 있다. 오늘을 거치지 않은 과거는 없고 다가오지 않을 미래도 존재하지 않는다. 충실한 오늘이 아름다운 과거를 만들고 희망찬 미래를 보장한다. 그래서 꿈은 아름답다고 한다.

지난날 아버지에게서 이런 말을 들었다. '지금까지 살아온 날들이 모두 꿈만 같다고' 우리는 미래를 보고 살지만 지나간 날도 역시 누적된 오늘의 내 모습이다.

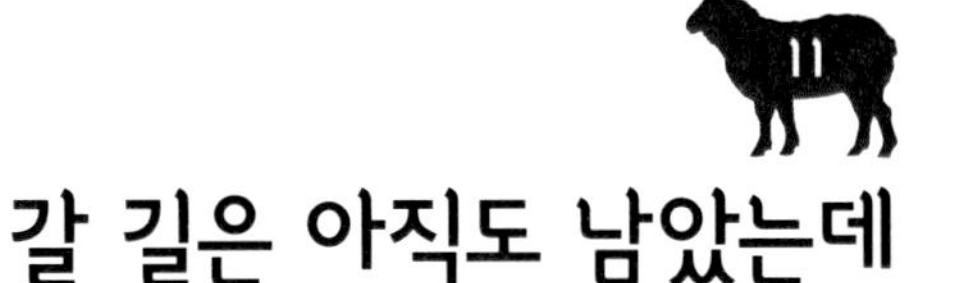

갈 길은 아직도 남았는데

지평선에 해가 떠오르면 햇살은 거침없이 대지에 뿌려진다. 눈이 부시다. 어제 저녁에 나의 마음을 사로잡았던 달빛은 어디로 가고 양들은 오늘도 어김없이 일찍 길을 떠났다. 누군가 한 명만 없어도 나의 일이 많아진다. 그만큼 나의 역할도 생겼다. 양우리를 걷고 어제 풀어놓았던 생활도구를 트랙터에 짐을 싣기도 하고 부상당한 양들을 보살피는 일도 내 몫처럼 보였다.

아침에 갑자기 샤오판이 일이 생겼다고 만저우리를 다니러 갔기 때문이다.

만저우리까지는 40분 정도면 간다고 한다. 샤오판이 없으면 왠지 마음이 불안하다. 그만큼 그가 양떼를 데리고 가는데 이것저것 주변의 문제를 해결하는 일이 많았다.

갑자기 나타나는 오토바이를 탄 몽고족 젊은이와의 문제를 해결하거나 자동차 등 기계 고장을 해결하거나 하는 일들이 많았다. 그런데 샤오판 이모의 아들이 룽장에서 카센터를 운영한다는 것을 알고는 다소 마음이 놓이기도 했다. 그의 이름도 어머니인 이모로부터 최이레이(崔雷)라는 것을 이때 알았다.

하지만 애석하게도 이모 아들인 최이레이와는 별로 서로 말이 없었다. 어쩌면 하고 싶지 않았다는 표현이 더 적절한지도 모른다. 서로의 사고가 다르면 그만큼 사귐이 힘들다는 생각도 들었다.

그는 무엇을 물으면 대부분 모른다고 말한다. 이런 유형의 사람을 예전에도 만난 적이 있다.

예를 들어 어디까지 거리가 어느 정도 되느냐? 우리 양이 몇 마리가 되느냐? 어느 물건의 가격이 어느 정도 되느냐? 샤오판이 언제 오느냐? 등등 물으면 모든 물음에 “모른다” 하는 것으로 일관한다. 정도를 물었을 때는 어느 정도 자기가 느끼는 생각만을 말해주어도 누가 틀렸다고 하겠는가. 말을 안 하면 물은 나는 전혀 예상을 할 수가 없다.

더 비약해서 말한다면 공업인과 농업인의 차이인가 하는 생각도 들었다. 기계는 정확하게 서로 맞아야 작동을 한다. 하지만 농사는 하루 늦게 일을 해도 하루 빨리 해도 별반 다르지 않다.

나쁘게 말하면 공업인은 여유가 없고 농업인은 맺음이 없다고 할까. 그러나 좋게 말하면 공업인은 정확하고 농업인은 여유롭다고 말할 수도 있을 것 같다. 이것은 순전히 나의 개인적인 생각일 뿐이다.

평원에 이미 죽은 양이 앙상한 뼈대를 남겨두고 있었다. 죽은 자 버리고 살아있는 양을 데리고 길을 떠난다는 것이 가혹하리만치 괴롭다. 생로병사가 삶의 순리인데 늙지 않고 병들지 않았다 해서 죽는 것이 기쁠 수 있겠는가. 죽은 자는 모르고 산자는 슬프다.

날씨가 시원하니 양들의 걸음도 빨라진다. 그만큼 더울 때는 쉴 수 있는 시간이 늘어나기 때문이다. 앞에 가는 트랙터의 짐을 실은 모습이 불안하다고 몇 번을 말했지만 아무 조치가 없었다. 역시 예상대로 얼마 가지 못해서 받침대 각목이 부러졌다. 이로 인해서 짐들이 한쪽으로 쏠려 다시 짐을 내리고 정리하느라고 진땀을 뺐다.

오늘은 샤오판 이모도 지쳐 누워 있는 것을 보고 내가 종아리와 어깨까지 안마를 해 주었다. 걸음이 불편한 샤오판 이모가 여기까지 걸어서 온 것만 해도 놀랄 정도로 힘든 걸음이다.

예전에 중국에서 '멍구따이푸(蒙古大夫)'라는 말을 들은 적이 있다. 이 말은 비전문가가 환자를 치료하는데 환자가 믿기지 않는 처방법으로 대충대충 치료한다는 데서 전해온 말이다. 내가 지금 멍구따이푸가 된 기분이다. 샤오판 이모는 고맙다는 말을 하면서 다시 일어나 걷는다. 샤오판 이모와도 금세 가까워지는 마음이 들었다.

어쩌다 양의 무리가 자갈길을 지나게 되었다.

먹을 풀이 없는 곳에서는 더욱 빠른 걸음을 재촉한다. 급경사가 있는 다리 옆으로 가야 하는 상황이다. 양들이 떼를 지어 내려가도 미끄러지거나 넘어지는 일도 생겨나지 않았다. 오히려 웅덩이에 있는 약간의 물을 보고는 여유있게 마시고 떠났다.

양떼를 몰고 가는 과정이 그저 노래 부르며 푸른 초원을 걸어가는 그런 낭만의 시간이 아니다. 오로지 양들의 행군을 위해서 우리 주변에서 일어나는 전반적인 문제를 다 해결해야 하는 것이 더 중요한지도 모른다.

나는 치치하얼로 돌아간 모홍리가 일러준 대로 뒤를 따라 갔지만 내가 양을 몰고 가는 것이 아니라 쫓아가는 형국이다. 일반적으로 양을 기르는 것을 목양(牧羊)이라고 한다. 즉 유목민이 초원에서 양을 기르는 것을 의미한다. 그런데 양들을 데리고 오는 동안 사람들은 '치엔양(牽羊)', '팡양(放羊)', '깐양(赶羊)'이란 말을 많이 사용하고 있었다.

어느 날 궁금하여 모홍리에게 물었더니 치엔양은 사람이 앞에서 양을 끌고 가는 의미고, 팡양은 초지가 있는 곳을 찾아 방목하는 것을 말하고, 깐양은 사람이 뒤에서 양을 몰고 가는 것을 뜻한다고 했다. 그러고 보면 양떼몰이는 깐양이란 의미에 가깝다고 할 수 있다.

150㎞ 이상을 걸어온 양들인데 아직도 힘이 남았는지 나의 걸음이 그들을 이기지 못한다. 모홍리는 헤어지고 나서도 밤마다 샤오판에게 나의 안부를 물었다.

샤오판도 돌아왔다.

만저우리를 다녀오면서 양파를 사가지고 왔다. 식사를 할 때마다 나는 한국에서 고추 마늘 양파 등을 즐겨 먹는다고 말한 적이 있었다. 원래 돼지고기를 많이 먹는 중국 사람들이 양파를 즐겨 먹는다고 한다. 그래서 음식 전문가들이 말하기를 중국인이 돼지고기를 먹으면서도 고혈압이나 고지혈증을 줄일 수 있는 것이 양파 때문이라고 한다. 이 말을 듣고 매운 맛을 참고 억지로라도 집에서 양파를 먹는다.

흑룡강성에는 양파 산지로 유명한 곳이 있다. 치치하얼 근교에 있는 매이리쓰(梅里斯)라는 곳인데 이 부근의 농촌 지역은 모두가 양파를 재배하고 있는 양파 생산 단지다. 이곳에서 생산되는 다량의 양파가 러시아로도 수출된다는 이야기도 들었다. 고추는 작은 고추가 맵다는 말이 있듯이 중국에서는 고추가 우리나라의 고추보다 서너 배 정도 크기는 하나 매운맛은 그리 풍겨 나오지 않는다.

갑자기 날씨가 흐려지기 시작하더니 어두워지고 있다.

샤오판과 동생은 트럭 위에 올라가 비닐을 꺼내어 트럭과 트랙터의 짐을 덮었다. 오랜만에 비다운 비가 내린다.

우리 모두는 트럭 밑으로 비를 피했다. 바람까지 세차게 불어오니 추위도 함께 느낀다. 쉽게 그칠 비가 아니다. 하늘이 흐리니 대지도 칙칙해 보인다. 빗물이 조금씩 트럭 밑으로 스며들고 있다. 나는 더욱더 트럭 밑으로 기어들어갔다. 구멍 난 신발코로 빗물이 새들었는지 양말이 축축해지는 것을 느낀다. 두 마리의 개도 나를 따라 안으로 들어온다. 양들은 비에 아랑곳없이 짧게 자란 축축한 풀을 뜯어 먹느라 들판을 헤매고 다닌다.

어쩌다 내가 여기까지 왔을까 하는 허망한 생각이 또 스쳐간다. 여름인데도 더욱 더 몸이 으스스한 한기를 느끼고 있었다.

트랙터의 트레일러 앞부분에는 드럼통을 반으로 쪼갠 통에 걷지 못하는 양 한 마리가 있다. 통은 물에 잠기고 부상당한 양은 밧줄에 묶여 있어 일어나지 못한다. 말을 주려고 실은 건초더미가 철망사이로 삐져나온 것을 먹느라고 머리만 돌려 안간힘을 쓴다.

판리차이에게 구멍을 뚫을까 건초를 깔아줄까 물을 퍼낼까 하고 말을 했지만 판리차이는 그럴 필요가 없다고 한다.

양을 바라보았다.

양도 어쩌지 못하고 나를 바라보고만 있다. 도저히 마음이 가만히 있지를 못했다. 나는 잠시 비가 잦아들 때 수건을 가지고 가서 물을 훔쳐냈다. 양도 내 마음을 아는지 가만히 있다.

당연히 동물이란 어떤 일로 인해서 자신이 안락함을 느끼면 서로 교감을 가질 수도 있지 않을까 하는 생각을 해 본다. 아주 깨끗하게 물을 훔쳐내 주었다. 그리고는 양의 입에 내 손을 갖다 대었다. 따뜻한 숨결이 스치는 순간 안도의 한숨이 든다.

이 드럼통은 식사할 때마다 우리의 의자로 사용되기도 한다. 베이얼의 집을 떠나올 때 스티로폼을 가지고 다니며 그늘에서 쉬거나 식사를 할 때 앉기도 했지만 언젠가 잠이 들었을 때 강한 바람을 타고 모두 날아가 벼렸다. 그래도 길을 오면서 주은 널빤지는 아직도 우리에게는 훌륭한 식탁으로 남아있다.

이번에는 앞에 가던 트럭이 갑자기 멈추었다. 기어가 변속이 불

가능하다면서 나름대로 손질을 해보지만 샤오판의 표정이 어두워 보인다. 다른 고장보다 심각한 정도인 것을 느꼈다. 샤오판과 최이레이가 아무리 고치려 해도 소용이 없었다. 결과를 말하자면 내가 이 트럭을 보고 다쓰모 마을의 차 수리점에 맡긴 후 헤어질 때까지 다시는 트럭이 움직이는 것을 보지 못했다.

샤오판과 최이레이 둘이는 멀리 있지 않은 다쓰모를 왔다 갔다 하면서 전전긍긍하고 있다. 목적지 다쓰모를 앞에 두고 조금도 나아가질 못했다. 이럴 때는 양들도 갈피를 잡지 못하고 우왕좌왕하기 일쑤다. 다행인 것은 그런대로 양들이 먹을 풀이 있다는 것이다.

몽고족의 게르와 현대식 주거형태가 공존하는 다쓰모는 후뤈(呼伦)쩐에 속한 마을이다. 그리고 '쩐'이란 우리나라의 '면'급에 해당되는 규모의 마을을 말한다. 즉 다쓰모라고 이곳에서 부르는 지명이 지도상에는 후뤈이다. 대부분의 사람들은 이곳을 다쓰모라고 부른다. 몽고족이 부르는 다쓰모와 한족이 지도상에 표기하는 것이 달랐을 뿐이다.

이곳이 내몽고 북부의 후뤈베이얼이란 지역인데 후뤈이라는 면급의 마을과 베이얼이라는 면급의 마을이 있다. 그래서 이 지역을 후뤈베이얼이라고 했는지도 모른다.

그러고 보니 나의 이 여정은 아주 공교롭게도 의미 있는 여행이다. 내가 베이얼에서 후뤈까지 열흘간 200여㎞를 양과 함께 온 여정이기 때문이다. 베이얼에는 베이얼호가 있고 다쓰모라는 후뤈에는 후뤈호가 있다.

더 쉽게 비유하면 우리나라 전라도하면 전주와 나주를 중심으로 형성된 행정 구역이다. 나주에서 전주까지 양과 함께 이동한 여정이라고 하면 더 이해가 쉬울 것 같다.

트럭의 고장으로 더 나아가지를 못하여 안타깝기만 하다. 할 수 없이 이곳에 양우리의 철망을 설치했다. 우리를 찾아 들어오는 양들의 모습도 비에 젖어 초라하고 힘없어 보인다. 밑으로 늘어뜨린 귀도 오늘따라 더욱 축 늘어져 보인다. 다리는 모두 흙탕물에 젖어 있다. 철망 안으로 들어가 양들을 어루만져 보았다. 축축해진 양털이 무거워 보인다. 양들은 이 밤을 추위 속에서 보낼 수밖에 없다.

비에 젖은 대지에서 식사를 하려니 여간 불편하지가 않다. 소시지 계란 그리고 오늘 샤오판이 사온 양파로 저녁 식사를 했다. 몸도 으스스한 상태에서 어떻게 식사를 했는지도 모를 정도였다. 나 역시 거센 바람 속에 비 젖은 옷을 입고 잠을 잤다. 텐트가 바람에 날아가기도 했다. 날아가지 않도록 무거운 짐을 텐트 안으로 들여놓으니 공간은 더욱 좁아졌다. 낮에 한기를 느낀 탓인지 기침도 나고 몸살이 날 것 같았다.

장기간의 여행을 하면 늘 한 번쯤은 몸살을 앓기도 한다. 그럴 때는 약을 먹고 땀을 내면 다음날 한결 몸이 편했다. 어린 시절 폐렴을 앓았던 나는 감기를 앓으면 늘 기침을 동반한다. 급히 판피린 약을 먹고 잠자리에 누웠다. 옆으로 누워 꼼짝 못하는 밤을 보냈다. 늘 트럭 밑에서 자고 있는 개들이 오히려 더 편안해 보인다.

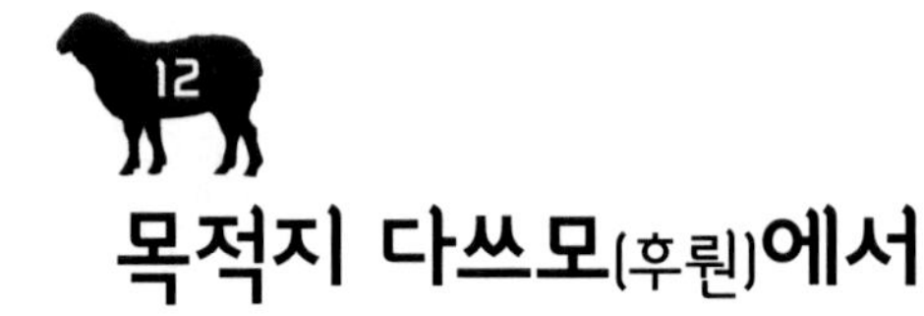

목적지 다쓰모(후뤈)에서

아침에 추워 침낭을 걸치고 밖을 나오니 양들이 떠나고 있다. 오늘이 아마 양떼를 데리고 가는 마지막 날이라 생각되어 하루 종일 따라 걷기로 했다.

어느새 시간은 이렇게 열흘을 넘기고 있었다.

목적지가 눈에 보이는 가운데 우리 모두는 마지막 힘을 내고 있다. 헤어질 때보다 헤어진다고 생각하는 마음이 더 아프다. 이곳의 생활에 적응해가기 시작할 때 벌써 떠나는 기분이다. 새로운 환경에 물들어간다는 것은 익숙해지고 길들여진다는 의미다.

이들과도 정이 들었고 냄새나고 누추한 잠자리도 어느새 안락한 보금자리로 변해 있었다. 불결해 보이는 음식도 맛있는 한 끼의 식사로 내게 다가왔다. 모든 것이 친숙해진 열흘간의 생활이다.

침낭을 걸치니 아침에는 춥지 않았지만 날씨가 개일수록 더워지기 시작했다. 맞바람도 거세게 불어오니 이제는 침낭이 거추장스럽다.

다쓰모 마을의 길을 지날 때는 차도 많이 오갔다. 이럴 때는 양들이 도로를 건널 때까지 주의를 게을리 하지 말아야 한다. 물론 차들도 잠시 멈추어 준다.

한번은 차가 빨리 달리는 신도로로 양들이 들어간 적이 있었다. 신도로는 유난히 대형화물차들이 많이 다닌다. 대형화물차는 고속으로 달리면 급제동이 어렵다. 나는 분홍색의 수건을 손으로 휘저으며 길을 걸었다. 달려오는 차의 운전수가 나뿐만이 아니라 양들을 멀리서도 쉽게 볼 수 있도록 하기 위해서였다. 한 무리의 자전거 마니아들이 지나다 양들을 보고 사진을 찍느라고 부산을 떨기도 했다.

다쓰모를 지나고 경사진 언덕길을 계속 오른다.

날씨가 개이니 이내 모래바람이 강하게 얼굴을 때린다. 눈을 제대로 뜰 수가 없을 정도다. 걷고 또 걸었다. 또 다른 무리의 양떼를 만났지만 이제는 늘 있는 일이라는 생각이 든다.

양은 순하고 연약한 동물로 생각했다. 하지만 매일 평균 20㎞ 이상을 걸어왔다. 양에게 이런 끈기와 지구력이 있다는 사실에도 놀라웠다. 양들은 이렇게 열흘 아니 정확히 말하면 열하루를 걸어 왔다.

잠시 쉬는 경사진 곳에서는 그늘도 없다. 나는 말의 배 밑에 생긴 그늘을 찾아 누었다. 말이 꼼짝 않고 있어주어 고맙다. 어디선가 자가용 한 대가 오더니 양 한 마리를 팔라고 한다. 샤오판 이모부가 팔지 않겠다고 한다. 나는 가격 흥정이 맞으면 팔지 왜 그러냐고 했다. 샤오판 이모부는 당연한 이야기지만 지금의 가격이 맞아도 여기서 더 살찌우면 가격이 높아진다고 한다.

나는 양의 판매에 대해서 자세하게 물어 보았다.

4월에 어린 양을 150원 정도에 사들여서 6개월간을 방목 사육을 거쳐 10월 말에 시장에 판매를 한다. 10월 말이면 살이 통통하게 찐 양으로 값이 가장 많이 나간다. 한 마리에 가격은 높은 가격인 천 원 정도에 거래가 된다. 도시 근교에서 사료를 주어 키운 양보다는 초지에서 방목하여 키운 양의 질이 훨씬 좋기 때문이다.

양 한 마리에서 나오는 고기는 보통 30근 정도가 되며, 한 근이 30원 정도의 가격으로 거래된다고 한다. 중국에서는 고기나 과일 채소 등 대부분의 물건이 근으로 측정되어 판매되어지고 있다. 그래서 시장을 다녀보면 사람들이 '한 근에 얼마요.' 라고 하는 말을 자주 듣게 된다.

이들이 말하는 한 근은 500그램으로 표시된다. 사람의 몸무게도 근으로 말할 정도로 '근'이라는 단위는 이들에게 아주 기본적으로 통용되는 친숙한 무게 단위라고 말할 수 있다.

겨울에 이곳을 여행하면서 시장을 다녀본 적이 있다. 면급의 농촌에서는 임시로 장이 서는 곳에서 양들을 데리고 나와 거래를 한다. 손님이 요구하면 길에서 직접 양을 잡아 고기를 팔기도 한다.

겨울에 하이라얼 근교의 이민이란 곳을 여행할 때 양을 잡는 도살장을 보았다. 어두컴컴한 장소에 천정에는 수십 개의 쇠갈고리가 걸려 있다. 이 갈고리에 뒷다리를 묶어 거꾸로 매달은 자세로 양들을 잡는다. 초원에 겨울이 찾아오는 10월은 양들의 수난이 시작되는 시기이다. 이때 도심의 시장을 다니다 보면 양고기가 넘쳐나고 양의 주먹만 한 심장만을 모아서 팔기도 한다.

양을 사육하는 동안에 약간의 부수입이 있다면 양털이 있다. 한 마리의 양에서 나오는 양털이 두 근 정도가 된다고 한다. 한 근에 8원 정도라지만 많은 양의 양모를 팔면 또 한 부분의 소득이 된다.

이렇게 이야기를 나누고 있으면서도 고장 난 트럭이 고쳐져서 오려나 하는 마음이 간절했다. 트럭이 와야 진군을 계속하는데 편리하지만 당장은 그늘을 만들어 줄 그 무엇이 더 절실했다. 그들은 일어나면서 얼굴이 먼지투성이가 되어 있는 나를 보고는 모두 웃는다.

모홍리가 그리워진다.

내가 말하지 않아도 늘 불편한 것을 헤아려주곤 했다. 더울 때는 물과 먹을 것을 들고 오던 사람이다. 한 병의 생수를 손에 쥐고 있으니 또 모홍리가 생각이 났다.

뒤에서 걸어가는 세발양이 오늘따라 자꾸 눈에 들어온다. 다른 양보다 고개를 더 크게 흔들며 걷는 것이 마음 아프다. 힘들어하며 풀을 뜯는 발걸음을 재촉하기가 더욱 마음이 아프다. 샤오판 어머니가 오더니 막대기에 단 광천수병으로 땅을 쳤다. 놀란 세발양은 힘든 걸음으로 뛰어가 양의 무리에 섞여 버렸다.

개는 내게 다가와 머리로 나의 손을 들어올린다. 마시다 남은 물을 개한테 주면서 머리를 몇 번 쓰다듬어 주니 좋다고 양떼무리로 달려간다.

오토바이를 탄 초지 주인이 와서 떠나라는 설움을 겪으면서 우리는 또 길을 떠났다. 이후로 오토바이가 저 멀리 지나가기만 해도 마음이 긴장되고 불안해진다.

그래도 고마운 분도 있다. 어느 한 가정집을 만났는데 양들의 갈증을 풀 수 있는 물을 제공 받았다. 가뭄이 인심까지도 가물게 하지만 이렇게 선한 사람도 만난다. 이래서 우리는 삶에서 실망하거나 좌절하지 않는다.

초원에서 아무리 둘러보아도 한 채밖에 없는 이 집에서 나는 헝클어지고 뭉쳐진 머리를 감았다. 세 번을 감고 나서야 부드러운 나의 머릿결을 만질 수 있었다.

사람은 일상에서 불평을 하다가도 내 주변에서 보이는 것이 모두가 똑같으면 그 생활 속에서 순응하며 살아가나보다. 가끔 그 범주를 이탈하고자 하는 노력을 작은 것은 개선이라 말하고 큰 것은 개혁이라 말하기도 한다.

우리는 일상에서 사물이든 사람이든 무의식중에 서로를 비교하면서 살아간다. 비교가 꼭 나쁜 것은 아니다. 비교는 선택의 현명함을 제공한다. 즉 비교를 통해서 더 나아지려는 성장의 본보기가 될 수도 있기 때문이다. 다만 비교가 비난의 수단으로 되는 것은 바람직하지 않다.

옆에 몽고족 전통 가옥인 멍구빠오(게르)도 있다. 요즈음에는 관광 산업이 발달하면서 손님을 맞이하기 위해 게르를 지어 놓는다. 그러나 이런 몽고식 게르는 고정된 시멘트로 되어 있어 여행자에게는 별 의미를 갖지 못한다.

오랜만에 나무로 둘러쳐지고 천으로 덮여진 게르 안에서 차(茶)도 한잔을 얻어마셨다. 이 차의 재료는 소나 양의 젖인데 '전차(磚茶)' 또는 그냥 '나이차(奶茶)'라고 한다. 이 차는 소나 양의 젖을 굳게 압축하여 자그마하게 바둑판의 한 칸 크기 정도로 딱딱하게 만들어 놓았다. 손님이 오면 그들은 주전자에 물을 끓여 약간의 설탕과 함께 이것을 타 준다. 어찌 보면 차(茶)라기보다 영양 음료라는 생각이 든다. 마시면 구수하고 여러 잔을 마시면 배가 고픈 줄을 모른다. 몽고족들은 이 차를 멍구빠오에서 심심하면 끓여 마시곤 한다. 몽고족 뿐만 아니라 중앙아시아 어디든 유목생활을 하는 민족들은 이 차를 일상에서 즐겨 마시는 음료 정도로 여긴다. 밖을 나오는데 아주머니가 몇 개의 나이차를 봉지에 담아 주었다.

드넓은 초원에 한 가족만이 있다 보니 사람이 무척 그리웠는가 보다. 잠시나마 누추하고 어두컴컴한 그 속에서 마음 편안한 시간이 있었다.

멀리서 차 소리가 난다. 나와 보니 트랙터만 오고 있다. 트럭은 아직도 수리가 안 된 상태다. 멈추었던 트랙터도 시동을 다시 켜려고 하니 시동이 안 걸린다. 트레일러를 분리하고 우리 모두는 시동을 걸기 위해 아래로 차를 밀었다. 몇 번을 시도한 끝에 시동이 걸렸다. 마지막 날까지 온갖 기계는 말썽이었다.

안전한 것도 없고 완전한 것도 없다. 그러나 생활하면서 그렇게 불안한 것도 불편한 것도 느끼지 않는다. 우리 인생도 제대로 굴러가는 사람이 몇이나 되겠는가를 생각해 보면 이런 일은 지극히 정상이다.

양을 몰고 오면서 수없이 느낀 것이지만 샤오판 어머니와 샤오판 이모의 그동안 고생을 보면 참으로 눈물이 날 정도다. 200여㎞를 늘 양과 소들이 지나가는 먼지 속에 휩싸여 걸어온 그 힘은 어

디서 생기는지 알 수가 없을 정도다.

드디어 열하루의 대이동은 목적지에 도착했다. 젖과 꿀이 흐르는 가나안 땅을 향해 출발했듯이 푸른 초원의 땅을 찾았다.

양떼를 데리고 오는 동안에 주변의 어려운 상황들도 많았다. 기계의 고장이나 양우리를 쳐야 할 장소를 선택하는 문제 그리고 날씨로 인한 불편한 일이 한두 번이 아니었다.

나는 생각했다. 세심함을 소홀히 하면 그 화는 몇 배로 돌아올지도 모른다. 한 가지 작은 일도 그것이 완성되기까지는 주변의 잡다한 여건들이 원만히 해결되고 모든 것이 준비되어 있어야 한다는 것을 깨달았다.

양들이 오랜만에 푸른 초원에서 풀을 뜯으며 자유로이 노닐고 있다. 내가 자유를 얻은 기분이다. 태어나서부터 사회의 규범이라는 테두리에서 벗어나 본 적이 없는 것 같다. 그만큼 사회적 규범과 질서가 온통 나를 지배하고 있었다. 벗어나 보려고 노력조차 하지 않았다. 그 규범에서 벗어나 있으면 왠지 불안하고 두렵기까지 하다. 늘 우리라는 속에서 그들이 보는 그 방법대로 습관처럼 세상을 보며 살아 왔다.

왜 우리는 이탈을 두려워할까? 조금 잘못된 행동이라도 한 번쯤 혼자 서있는 곳에서 그들을 바라보려고 해 보지 않았는지 후회가 된다. 벗어나보면 다른 무리들이 사는 울타리가 또 있다는 것을 알게 된다. 남은 생을 나만의 색깔 아니 내가 그리는 아름다운 빛깔로 색칠하고 싶다. 가나안 땅을 찾은 양들을 보면서 한없는 날갯짓을 해본다.

우리는 세 마리의 양을 잃었다. 나는 양을 두 마리만 잃었는지 알았다. 내가 바오똥에서 헤어져 씨치로 간 이틀 동안에 한 마리의 양이 또 죽었다고 한다. 그리고 걷지 못하는 양과 부상당한 세발 양이 생겼다. 텐트 하나를 잃었고 수없이 수리를 거듭하면서 온 오토바이와 트랙터가 있고 아직 오지 못한 트럭이 있다.

이곳은 후뤈찐에서 동북쪽에 위치하며 러시아와 국경을 가까이 하고 있는 곳이다. 만저우리도 직선거리로 그리 멀지 않다. 이곳을 택한 것은 샤오판 친구가 양에게 먹일 포지 문제로 샤오판의 어려운 사정 이야기를 듣고 알려준 곳이다.

핸드폰 건전지가 다 마모 되었다. 자가용이 다쓰모로 간다기에 핸드폰을 충전하려고 다시 다쓰모로 갔다. 옮겨진 트럭은 앞부분을 늘어트린 채로 언제 수리가 될지 기약이 없었다. 마을 주변을 돌다가 다시 카센터를 지나도 수리하는 사람은 보이지 않고 예전 그대로다.

이럴 바에는 차라리 초원에 있을 걸 하는 후회가 들기도 했다. 그래도 이런 촌마을에 대형차를 수리하는 곳이 있다는 것만도 다행이라면 다행이다.

무료함을 잊으려고 다시 마을 주변을 다녔다. 마을의 규모는 백여 가구의 주택이 가게에 나란히 상품이 진열되어 있는 형상의 모양을 하고 있다. 그리고 이들의 주거 형태를 보면 모두가 같은 모양을 하고 있다. 마을은 빨간 지붕 아니면 파란 지붕을 하고 있는 20평 정도의 집들로 장방형의 형태로 형성되어 있다. 관공서나 공회당 같은 건물은 겨우 2층 정도이고 모두가 단층이다. 베이얼이나 양떼를 몰고 지나온 바오똥과 뿌얼뛴의 마을도 이와 조금도 다르지 않았다. 하지만 기차가 다니는 교통이 좋은 지역은 면급이라 해도 규모가 이곳 마을 보다는 훨씬 크다.

그래서 평원의 초원을 지나면서 마을 가까이 가도 마을이 잘 보이지 않는다. 마을을 들어가는 도로변 양쪽에는 코스모스가 바람을 타고 산들거린다. 주택을 들어가면 뒤에 울타리가 쳐진 100평 정도의 공터가 있다. 둘레로는 나팔꽃이 울타리를 타고 피어오르고 조롱박이나 기다란 오이가 넝쿨에 주렁주렁 매달려 있어 전형적인 시골 마을을 연상케 한다. 이 공터는 그들이 작업할 수 있는 공간이기도 하고 채소 등을 심어 가꿀 수 있는 텃밭이기도 하다.

이 텃밭에는 '향채'라는 채소가 약방의 감초처럼 빠지지 않고 재배된다. 중국 어디에도 재배가 가능한 아주 흔한 채소다. 하지만 우리나라 사람들이 중국을 여행하면서 가장 싫어하는 채소가 또한 이 '고수'라는 향채다. 나는 예전에 중국을 여행하면서 매우 의아스러워 이 향채를 먹어보았지만 전혀 거부 반응이 있지 않았다. 오히려 이 채소에 익숙해지면서 식당에서 음식을 먹을 때 종업원에게 더 달라고 한다. 맛이 입에 맞지 않는다고 혐오스럽게 여기기보다 이런 음식에 적응해 보는 것도 여행의 진정한 의미가 있지 않을까 생각해 보았다.

어느 집을 기웃거리다 마당에 그동안 보지 못했던 농기계를 보았다. 무엇에 쓰는 것이냐고 물으니 집 주인이 풀을 깎는 기계라고 한다.

농기계는 원형의 둥근 판이 아홉 개가 세로로 길게 만들어져 있다. 세 개씩 뒤로 갈수록 크기가 약간씩 작게 만들진 형태다. 아마 작은 원형의 세 개는 풀 깎기 작업을 하면서 풀이 조금 작게 자란 지역도 작업을 할 수 있게 만든 것이라는 생각이 든다.

올해는 가뭄으로 초지의 풀이 길게 자라지 못하여 집에서 쉬고 있는 것이다. 그러고 보면 양들의 겨울 양식도 걱정이 된다.

샤오판 친구 집에서 무료하게 시간을 보내다가 그동안 지나온 곳의 지명을 물었다. 글자를 써보라고 30대 정도의 젊은 아주머니에게 부탁을 했다.

그동안 샤오판에게 물었지만 내가 생각나는 대로 쓴 것을 모두 맞는다는 것이 조금은 의심스러웠기 때문이다. 아주머니가 내가 읽는 대로 쓰는데 샤오판이 맞는다고 한 지명이 모두 잘 못 표기된 것이다.

사실 샤오판 가족은 생계를 이어가기 어려운 환경에서 생활 능력은 있어도 배움은 그리 높지 않았다. 나는 샤오판에게는 말하지 않았지만 지명의 한자를 모두 정정했다.

하루 종일 다쓰모에 있었다. 해가 저물어 가도 조금도 변함이 없다. 샤오판은 저녁 늦게야 부품을 사러 만저우리를 다녀왔다. 그리고 침대 하나에 10원짜리 숙소를 정했다. 숙소의 방들이 무척 시끄러웠다. 샤오판에게 물으니 이곳의 건설 공사를 하는 사람들이라고 한다.

요즈음 중국은 개혁 개방의 기치를 내세운 이후로 어느 곳이나 도로와 주거 등 건설 산업이 미치지 않는 곳이 없을 정도다. 양치질이나 세수를 할 장소도 너무 불편한 긴 밤이다.

보름달이 지평선에 올랐다. 오늘따라 유난히 크게 보인다. 보름달이 떠오르면 괜스레 어머니가 생각났던 적이 한두 번이 아니다.

여권 속의 간직하고 있던 어머니 사진을 꺼내 보았다.

사진 속의 어머니와 보름달을 번갈아 보면서 혼자 중얼거려 본다.

어머니가 마흔넷에 나를 낳았다.

양수가 미리 쏟아져 힘들게 어머니 뱃속에서 나왔다고 한다.

그리고 2-3살 때 폐렴을 앓아 내다 버릴 정도로 사경을 헤맸다고 한다.

그래도 나를 끌어안고 보살펴 주어서 이렇게 여기까지 왔다.

내가 어른이 되어서 어머니를 찾아뵐 때는 늘 '배추 겉절이'를 해주셨다.

어머니가 만들어주신 그 '배추 겉절이'가 세상에서 제일 맛있었다.

초임 교사생활 1년 시절에 어머니와 함께한 시간은 참으로 뿌듯하고 행복했다.

세월이 흘러 어머니는 임종을 지켜보고 있는 나의 이름을 부르다가 숨을 거두셨다.

나는 그 순간을 지금도 잊지 못한다.

아버지와 말다툼하시는 것을 한 번도 보지 못했듯이 하늘나라에서도 두 분이 행복하게 함께 계실 거라 믿는다.

어머니는 내가 얼마나 어머니를 그리워하는지 아실 것만 같다.

보름달 속에 어머니의 모습을 포개 놓았다.

눈물이 흐른다.

하늘나라에서도 꼭 다시 만날 수 있을 거라 믿는다.

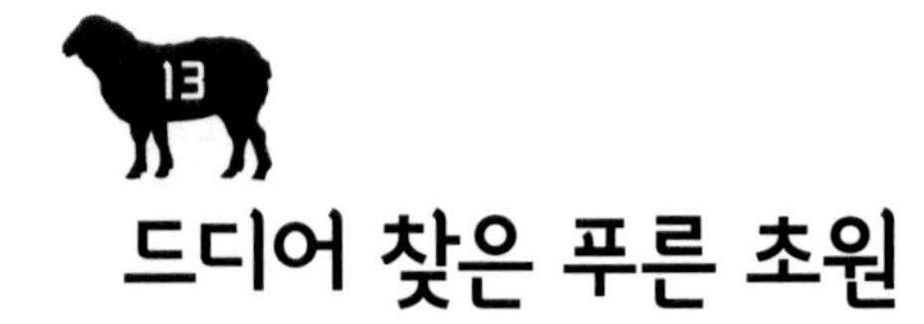

드디어 찾은 푸른 초원

날이 밝자마자 차 수리점으로 향했다. 아침에도 차는 그대로 있다. 샤오판만 남고 우리는 양의 무리로 돌아왔다.

오랜만에 샤오판 아버지와 초원에 누워 이야기를 나누었다. 이곳은 이르면 팔월에 서리가 내린다고 한다. 그러면 초지가 생장이 멈추기 때문에 다른 곳으로 가거나 건초를 준비해야 한다고 한다.

양들이 풀을 뜯는 모습이 마치 하얀 천이 푸른 초원을 덮은 듯 펄럭이고 뭉게구름이 내려앉은 듯 이리저리 흘러간다.

샤오판 아버지와 이야기를 나누는 동안에 샤오판이 돌아왔다. 어떻게 왔느냐고 하니 친구 차를 얻어 타고 왔다고 한다. 샤오판은 샤오판 이모부의 이야기를 듣고는 다시 아래에 있는 집으로 갔다. 초지는 그런대로 괜찮은데 임대 가격이 너무 비싸다는 것이다. 하루 종일 홍정을 하면서 돌아올 줄 모른다.

샤오판 아버지는 보름 정도 이곳에 있다가 적어도 추운 겨울이 올 때까지 이곳 주변을 떠돌아다닐 예정이라고 한다. 가뭄으로 초지가 메마른 이때 한곳에서 오래 방목을 하기에는 무리라는 것도 당연하다.

지난여름에 후뤈베이얼 북쪽의 린장(臨江)이란 작은 마을을 들린 적이 있었다. 이곳은 러시아와 국경을 사이에 두고 개울물이 흐른다. 이 개울이 바로 어얼구나허다. 이 물길을 따라 펼쳐진 넓지 않은 초지에서 아낙네들이 아침 반찬거리로 나물을 뜯고 있던 모습이 무척 한가롭게 보였다. 자욱한 안개가 걷히면서 아침 이슬 속에 깨어난 야생화들도 저마다 아름다운 자태를 뽐내며 바람에 살랑거리던 모습도 눈에 선하다.

원래 양을 키우기 위해서는 3-4월이 가장 힘들다고 한다. 초지에 풀은 없고 사료인 건초더미도 바닥을 드러내기 때문이다.

우리나라도 옛날에는 춘궁기라는 시절이 있었다. 보리 수확은 아직 멀리 있는데 겨울 식량이 떨어져가는 5월이 그랬다. 어린 시절 찔레꽃이 피기 전 새순을 먹기도 하고, 벚나무에 올라 열매를 따 먹기도 했다. 그 시절에는 모두가 그렇게 살아가는 줄 알았다.

초지를 계약하기 위해서는 내년 2-3월에 일찍 알아봐야 하지만 지금처럼 가뭄이 들어 초지가 메마르면 양을 키우지 않을 거라는 말도 덧붙인다.

자연은 가끔씩 인간에게 고통스러운 시련을 안겨준다. 인간은

이를 극복하면서 살아가는 성숙한 지혜를 배운다. 하늘이 주는 가혹하지만 소중한 선물일지도 모른다. 이렇게 3년의 가뭄이 나를 일깨워주고 있었다.

가끔은 어쩌다 이곳을 여행하게 되었는지 스스로도 알 수 없는 물음에 접하곤 한다. 파란 하늘 푸른 초원에서 시간은 멈추어지고 모든 기억이 사라진 지금이 무척 행복했다. 스쳐가는 바람소리와 힘든 여정 속에 살아있다는 편안한 호흡만이 남았다.

사실 나는 오늘을 끝으로 돌아가고 싶었다. 치치하얼에서 결혼식을 보기로 되어 있었다. 결혼식이 있는 날이 14일이지만 13일이라고 거짓말을 했다. 그래도 이들의 상황을 보고 있으면 나를 다 쓰모까지라도 데려다 달라고 말하기가 어려웠다.

쉬고 있는 동안에도 양들은 아래에 있는 집을 오가며 풀을 뜯고 목을 축이고 있다.

초원에 누워 하늘을 본다.

한없이 넓은 하늘이 내 가슴에 들어오는 기분이다. 만약에 광대무변한 우주 공간에 지구만이 생명을 가진 생물체만이 살고 있다고 가정해 본다.

그런데 이 지구가 사라진다고 생각해보면 우주의 이 공간이 무슨 소용이 있을까. 아침에 해가 뜨고 저녁이면 달이 떠오르는 것이 무슨 의미가 있을까.

이런 우스운 이야기가 있다.

어떤 사람이 알라신과 대화를 나누고 있었다.

'알라신 당신이 보는 1만 년은 어느 정도입니까.' 라고 물으니 알라신은 '1분에 지나지 않는다.'고 했다. 이번에는 '금화 1만 냥의 가치는 어느 정도가 되느냐.' 고 재차 묻자 '동전 한 닢에 지나지 않는다.'고 했다.

그는 알라신에게 불쌍한 저를 위해 동전 한 닢만 달라고 청했다. 알라는 빙그레 웃으면서 1분만 기다리라고 말했다.

내 발톱에 찔린 가시 하나가 나의 온 신경을 그곳으로 모은다. 즉 현재의 내가 존재하는 구속에서 모든 것은 가치를 가진다. 그렇듯이 생명체가 살고 있지 않은 우주는 아무 의미도 없다. 내가 존재하기에 하늘도 푸르다.

여기까지 오는 동안 트럭의 짐이 한 번도 내려지는 것을 보지 못했다. 그런데 트럭에 실린 각목들이 바로 이곳에서 임시로 거처할 집을 지을 물건들이라고 한다.

이렇게 이야기를 나누는 동안에 하늘에는 하얀 뭉게구름이 푸른 초원에는 양떼들이 아름다운 자연을 만들어 놓았다. 여기까지 힘들게 온 그 결실이 가을에는 풍성하게 맺어지기를 기도한다. 샤오판 가족을 두고 떠나올 때는 한 분 한 분 포옹을 하면서 항상 건강하게 지내고 돈 많이 벌어 부자가 되라고 말했다.

말도 목을 감싸 쥐고 쓰다듬어 주었고, 다가온 두 마리의 개인 양 과 샤오헤이에게도 얼굴을 감싸 쥐고 나의 볼에 대면서 사랑을 표시했다.

말하지 못하는 동물들과 서로의 생각을 교감해 보면서 보름을 보냈다. 이제는 말의 등에 올라타는 것도 두려움이 없다. 처음 개를 만났을 때 나의 숙소인 텐트까지 따라올 때는 두려웠다. 하지만 언제부터인가 나에 대한 애정의 표시인 줄을 느끼게 되었다. 우리 개는 늘 용감하기도 했다. 어쩌다 다른 집의 개들이 짖어대면서 달려오면 다섯 마리 정도는 어렵지 않게 대응했다. 그래서 더욱 우리 개가 자랑스러웠는지도 모른다.

한가롭게 초원을 뒹구는 양들을 향해서도 힘껏 손을 흔들어 이별의 아쉬움을 표했다. 모두가 사랑하고 행복한 시간이었다.

교감은 사랑의 시작이다.

우리는 동물이 사람에게 복종하는 줄로 이해한다. 그래서 만물의 영장이라고 우쭐대고 있다. 착각일지도 모른다. 동물들은 오직 자신을 사랑하는 사람에 대한 변하지 않는 사랑의 표시일 뿐일지도 모른다. 배신을 하지 않는다는 것이다.

우리 사람들은 함께 살아가면서 자신도 모르게 타인에게 마음의 상처를 주기도 하고 받기도 한다. 이러함으로 인해서 사람들은 서로가 쓸데없는 경계까지도 게을리 하지 않는다. 말과 소, 개와 양들과 함께한 생활은 너무 행복했다. 이들과 나눈 교감 속에서 내가 사랑을 주었다는 생각보다 더 많은 사랑을 받았다는 생각이 들기 때문이다.

끝으로 샤오판 부모와 이모 이모부와 함께 헤어짐의 아쉬운 사진을 남겼다. 그들의 힘든 노력의 대가를 하늘이 저버리지 않았으면 좋겠다. 보름간의 자연 속 생활을 마무리하고 이제는 도심 속으로 돌아간다.

판리차이가 다쓰모까지 태워다 주었다. 나 역시 그랬지만 그는 신발도 다 낡아 있었고 보름 동안 한 번도 옷을 갈아입지 않았다. 그에게 가지고 다니던 티셔츠를 하나 주었다.

다쓰모로 오는 동안에 차 안에서 생각했다. 힘들어하는 샤오판 아버지와 이모부 그리고 까맣게 그을린 얼굴이면서도 언제나 모자를 쓰고 다니는 샤오판 어머니와 이모의 얼굴이 떠오른다.

우리는 자연 속의 삶을 이야기하지만 문명의 세계에서 살고 싶어 한다. 하지만 문명의 이기를 누리면서 사는 것은 편할지는 몰라도 쉽게 지루함을 느낀다. 도심의 높이 솟은 아파트를 보아도 숨이 막힌다. 가끔은 나도 모르게 문명의 세계에 물들어버린 나를 보고 스스로 놀래 버린다. 참으로 이율배반적인 삶을 살고 있다.

직업의 귀천이 어디 있으며 '얼굴만 예쁘다고 여자냐.'라고 하고 '가난이 죄냐.'고 반문하지만 그렇다고 틀린 말도 아니다. 다 부족한 자를 위한 그나마 최소한의 허울 좋은 위로의 말일 뿐이다.

좋은 직업과 예뻐지고 싶어 하는 여자의 마음, 가진 것에 대한 포만감은 인간이 죽는 날까지 놓지 못하는 본능적인 욕구다. 이런 행위를 가식의 말로 잠시 덮는 것이 얼마나 우스운 이야기인가.

마지막으로 판리차이와도 헤어지고 막차가 가버린 다쓰모 삼거리 길에서 혼자만 남았다. 오랜만에 시계를 들여다보았다. 만저우리에서 기차를 탈 수 있는 시간이 많이 남아 있지 않았다. 마지막 버스가 있다는 말을 듣고 30분 정도를 기다렸지만 차는 오지 않는다. 급한 나머지 소형트럭을 세웠더니 다행히도 나를 태워 준다고 한다.

시계를 또 들여다보았다.

보름 동안 다니면서 특별히 시계를 볼 필요도 시간을 알 필요도 있지 않았다. 중국인의 말 중에 '日出而作 日入而息'란 말이 있다. 해가 뜨면 일을 하고 해가 지면 쉰다는 말이다. 동이 트면 출발했고 양들이 머물기 좋은 곳에서 식사를 했다. 해가 기울면 양우리를 치고 저녁을 먹은 후 양들과 함께 밤을 보냈다.

우리는 무심히 지나치면서 나도 모르게 하는 행동들이 많이 있다. 내가 하루에 얼마나 많이 시간을 알려고 하고 시계를 보면서 사는지 생각해 보았다. 일어나면서부터 기상시간과 출근시간, 정해진 약속시간 그리고 취침시간까지 어찌 보면 시간에   기고 시간에 얽매여 사는 것은 아닌지 모르겠다. 내가 그동안 살아온 날들이 시계 인생이었나 하는 생각도 들었다. 시간을 모르고 지나온 보름 동안이 지나고 나서야 편안했었다는 것을 새삼 느낀다.

운전을 하고 있는 중년의 나이 지긋한 두 분이 앞에서 웃으면서 이야기를 나누다가 돈을 달라고 한다. 뭐가 급해서 미리 돈을 내라고 하느냐고 하니 잊어버릴까봐 그런다고 한다.

무엇을 하는 사람이냐고 묻기에 친척 집에 양떼몰이를 하고 온다고 거짓말을 했다. 이곳 동북 사람이라는 것을 은근히 내비치고 싶었다. 그래야 안전할 것 같았기 때문이다. 운전수 옆에 있는 사람이 못 알아들어 다시 물었다. 운전수가 내 말을 알아듣고 대신 대답해 주었다.

어디를 가느냐고 하기에 치치하얼을 간다고 하니 자기 고향이 그곳이라고 하면서 어디 사느냐고 재차 묻는다. 치치하얼 롱사공원(龙沙公园) 부근에 산다고 하니 자기도 그곳과 가깝다고 하면서 말씨가 다르다고 한다. 아무 말도 하지 않았다. 그도 머리가 어지러운지 더 이상 묻지 않았다.

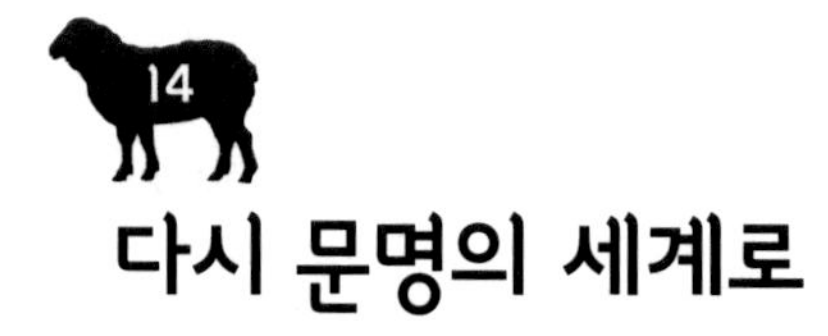

다시 문명의 세계로

그들은 시간에 쫓기는 나의 부탁대로 고맙게도 만저우리 역까지 데려다 주었다. 2년 전 만저우리역에서 배낭을 메고 갈 길을 헤매던 내 모습이 떠오른다. 기차표를 사려고 들어가는데 모든 사람들이 나를 쳐다보는 것 같았다. 그들에게 비춰진 초췌한 내 모습이다.

만저우리 야경을 보면서 오후 8시 반 기차에 올랐다. 기차에 오르니 마음이 뿌듯한 것인지 허전한 것인지 알 수가 없다. 어린 양의 엄마 찾는 울음소리가 차창가를 스쳐간다.

아이를 안은 아주머니가 나를 멀리하는 것 같았다. 기차 칸으로 나왔다. 한 개비의 담배를 입에 물고 창가를 바라본다. 기차는 화려한 만저우리의 야경을 뒤로하고 이내 어둠 속에 묻혔다. 차창가로 둥근 보름달이 나를 따라온다. 오늘 밤도 그들은 저 달을 보면서 양떼무리 옆에서 곤한 잠을 청할 것이다.

밤인데도 하이라얼 아이스크림을 파는 복무원이 지나간다. 아이스크림을 사서 입에 물고 사람들과 잠시 이야기를 나누고 있었다. 그들은 어디를 다녀왔냐고 하면서 나의 그을린 얼굴을 바라본다. 만저우리 아래에 있는 베이얼이란 곳에서 양을 데리고 이동하느라 얼굴을 그을렸다고 말했다.

그들은 기차를 타기 전에 슈퍼에서 사가지고 온 라면을 탁자에 올려놓았다. 기차 안에서도 지나가는 판매원에게 살 수도 있지만 참았다. 슈퍼에서 사는 것보다 2-3원 정도 더 비싸다. 이곳 현지인들은 이런 가격의 차이를 크게 느낀다. 나는 초원의 게르에서 아주머니가 봉지에 담아준 '전차 (일명 나이차)'를 몇 개 꺼내어 음료수 통에 넣고 끓인 물을 부었다.

그리고 그동안 찍은 사진을 하나씩 보면서 지나온 길을 되새겨본다. 힘들었지만 보름 동안 양이 있고 그들이 있어 행복했다. 보름간의 여정은 내 마음속에 아름다운 추억으로 남았다. 앞날은 멀어 보이고 지나온 날은 짧아 보이기만 하다.

차를 마시면서 주변의 사람들과 잠시 이야기를 나누기도 했다. 나는 언뜻 스치는 생각에 양의 이빨이 위에는 없다고 말했다. 그들은 나를 보더니 믿기지 않는 말이라고 한다.

어떤 사람은 위아래 이가 다 있다고 하고, 어떤 이는 윗니가 늦게 난다고 하고, 또 어떤 이는 위의 잇몸이 강하다하고, 품종마다 다르다고도 한다. 좀 더 안다고 하는 사람은 아랫니가 먼저 나고 위에는 잇몸만 있다가 나중에 잇몸 밖에서 이가 난다고 한다. 한동안 우리의 이야깃거리로 충분했다.

어떤 상황이나 사실을 정확히 안다는 것이 얼마나 어려운가를 실감했다. 어둠을 가르며 기차는 동쪽으로 향하고 있다. 복무원에게 침대칸을 부탁한 것이 12시를 넘겨 제공 받을 수 있었다. 간단히 짐을 정리한 후 침상에 누어 버렸다.

치치하얼역에 도착한 나는 양떼몰이를 끝낸 안도감으로 피로감이 몰려오고 있다. 역 광장 귀퉁이에 앉아 모홍리를 기다리고 있었다. 나를 마중 나온 그녀는 나를 보자 반기듯 하면서도 나의 초췌한 모습을 보고는 웃고 있었다. 그러면서 좋은 경험을 했다고 격려해 준다. 일상으로 돌아온 나는 바둑 친구들도 만났다. 바둑을 두고 식사를 하러 갔다. 그들은 자기들도 경험해 보지 못한 여행을 했다고 무척 부러워하고 있었다.

14일 날은 약속한 대로 모홍리의 친척 신부 결혼식에 참석했다. 폭죽소리가 요란하다. 개업이나 결혼 그리고 기쁜 일이 있으면 늘 폭죽을 터뜨린다. 신랑과 신부는 모두 의사로써 부유한 가정의 자녀들이다. 친척과 가족이 한자리에 모인 자리에서 기념사진을 찍어 주었다. 사진사가 된 기분이다. 게다가 나를 외국인이라 하면서 외롭지 않게 내게 다가왔다. 남자 분들은 한 잔의 술을 권하고 여자 분들은 가끔씩 한국 여인들의 삶을 물어오곤 했다. 석 달 여만 지나면 나도 딸과 함께 손을 잡고 결혼식을 올리는 주인공이 된다는 생각이 설레는 마음으로 다가왔다.

아쉽게도 결혼 의식은 신랑 집에서 한다고 하여 친척들이 한자리에 모여 음식을 먹으며 이야기를 나누는 것으로 되어 있었다. 예전에도 보았지만 이들의 결혼식을 보면 우리나라 결혼 의식보다 더 화려하게 행하여지고 있는 것 같다. 원탁의 식탁에 하객이 앉은 자리에서 결혼 의식을 한다. 의식도 어느 면에서는 매우 자연스럽다.

특별한 주례도 없이 신랑이 하객들에게 와주어서 고맙다는 인사말도 하고 신부와 대화를 나누는 식으로 사랑을 약속하기도 한다. 그러면서 식장 전면에는 그들이 미리 찍어 놓은 혼인 사진들이 스크린처럼 지나가기도 한다. 게다가 온통 붉은색으로 치장된 식장에는 결혼을 축하하는 글귀들로 둘러싸여 더욱 결혼의 의미를 더한다. 의식이 끝나면 불을 환하게 밝히고 담소를 나누며 식사를 한다. 가끔 여행을 하면서 기웃거리면 슬쩍 자리 하나도 얻을 수 있다. 한국에서 온 여행자라고 하면 더욱 관심을 주기도 하여 후한 대접을 받는다.

음식은 대부분 해산물로 준비되었다. 이곳 치치하얼은 내륙 깊숙한 곳에 위치한 관계로 해산물이 귀하다. 이곳에서는 주로 먹는 양고기나 돼지고기보다는 해산물이 특별한 음식임에는 틀림이 없다. 그래서 바다를 접한 요녕성의 단동(丹东)이나 대련(大连), 멀리는 하북성의 천진(天津), 산동성의 청도(青岛)에서도 운송되어진다고 한다.

나무로 만든 조각배 모양의 그릇에 담겨진 각종 해산물이 먹음직스럽다. 이들은 나에게 맛보라고 원형의 중국식 탁자를 돌리며 자주 내게 권했다.

행복한 밤이다.

숙소로 돌아와 잠을 청했다.

이럴 때는 어김없이 양들이 음~매 소리를 하면서 우리로 돌아오는 모습이 눈에 선하게 다가온다.

그러면서 한 달이 흘렀다.

지난번 겨울에 와서 눈으로 인하여 아쉽게도 구경할 수 없었던 백록도(白鹿岛)라는 삼림 속의 섬을 보겠다고 작은 마을인 후뤈베이얼 북부의 모얼따오까(莫尔道嘎)를 다시 찾았다.

모얼따오까는 칭기즈칸이 출정을 선언한 장소로 마을 사람들에게 자긍심을 심어주는 곳이기도 하다. 또 중국 최대의 삼림과 목재 저장소가 있는 곳으로 여름이면 많은 관광객이 이곳을 찾는다.

마을 부근의 룽산공원(龙山公园)을 올라서 우연히 어원커족의 젊은이를 만나 양의 치아에 대해 물었다. 그는 아주 명료하게 대답했고 나는 그를 신임했다.

면양은 태어나서 대체로 3주 전후로 아랫니가 자란 후 8주 정도에 윗니가 난다고 한다. 그리고 14주 정도가 되면 위에 이가 빠지면서 앞니 같은 딱딱한 잇몸이 옆으로 길게 형성된다고 한다. 이후에도 다른 곳에서 지나가는 양들이 보이면 주인에게 물어보곤 했다. 그들은 윗니가 없다고 잘라 말했다.

그리 중요한 이야기는 아니지만 작은 궁금증과 물음이 배움의 시작일 수도 있다는 생각에서였을 뿐이다.

귀국길에 올랐다.

샤오판에게 전화를 했다.

그는 일상으로 돌아와 만저우리의 목재소에서 일을 하고 있다고 한다. 부모님의 안부 물음에 트럭에 실려 있던 나무들로 부모님의 임시 거처를 지어 주고는 돌아왔다고 한다. 지금은 샤오판 부모와 이모 이모부만 초원에 남아 양들을 데리고 있다. 샤오판 이모 아들은 룽쟝의 자기가 운영하는 카센터로 가고, 사촌 동생은 어머니가 편찮아 잠시 병간호를 위해 집으로 갔다고 한다.

모두가 함께한 잊을 수 없는 보름간의 그립고 즐거웠던 시간이다.

푸른 초원에
뭉게구름이 내려앉는다.

어린 양의 울음이
한줄기 바람으로 스쳐간다.

하늘에 양떼들이 흘러
피란 거울이 있는 줄 알았다.

맺음말

나는 이런 마음으로 글을 정리했다.

이발소에서 이발을 했다. 이발사는 처음에 머리를 대충 깎는다. 그리고 작은 가위로 다듬질을 한다. 수수한 머리에 만족하고 있는데 머리에 기름질을 하려고 한다. 나는 그만두라고 했다. 왠지 나이에 걸맞지 않을 것 같았다. 이발을 마치고 밖을 나오니 사람들이 쳐다보지 않는다. 그래도 스스로 만족하면서 집으로 돌아왔다. 덧칠하지 않은 소박함이 더 좋다.

청춘의 화려함보다는 중년의 중후함이 더 빛나고 노년의 겸손함은 더욱 세간에서 존경을 받는다. 살아온 날들에 대한 후회를 하는 시간 보다 앞으로 살아갈 날들에 대한 성숙한 사고가 더 절실한 시기이다.

사람들은 자신도 모르게 자기가 살아온 날에 대한 자국을 잘 반영한다. 노래 가사가 은근히 그 가수의 일생을 이야기하듯이 글은 그 사람의 삶을 노래한다.

거울 속의 비쳐진 나는 거울 속에 보이는 외형의 모습이지만 나의 삶이 보여지는 곳에는 언제나 함께 어울려 살았던 타인들이 있다. 나는 어떤 노랫가락을 남기면서 생을 마감하게 될는지 지금은 알 수가 없다. 훗날 모두가 타인에게서 평가받기 때문이다.

슬픈 일이다.

내가 왜 나로 살지 못하고 옆을 보면서 살아야 하는지. 일부러 겸손한 척하면서 행동하기도 하고 때로는 자랑도 하고, 없어도 있는 척하고 있어도 없는 척하면서 쓸데없이 자꾸 나를 손질해야 하는지 모르겠다.

귀국을 앞두고 치치하얼대학교 모중후 교수를 찾아갔다. 이런 저런 이야기를 하다가 다음 달에 딸이 결혼을 한다고 했다. 그는 딸의 결혼을 멀리서나마 축하한다고 '花好月圓' 글귀를 하나 적어 주었다. 글의 내용은 의역하면 '부부가 이룬 가정의 행복이 충만하라.'는 뜻이라고 한다. 마침 귀국 전날인 오늘이 절기상 대지의 풀잎에 흰 이슬이 맺힌다는 백로(白露)다. 당연히 백로에 모중후가 나의 딸의 결혼 축하를 위한 글을 준다는 의미도 넣었다.

욕심을 내어 나의 마음 수양을 위한 글귀도 하나 부탁을 했다. 그는 차 한 잔을 마시면서 잠시 이야기를 나누다가 중국 고대 사상가인 노자의 글귀를 하나 적어 주었다. 그 글귀는 지금 나의 마음과 딱 들어맞는 것 같았다. '眞水無香'이란 글인데 '진정한 물은 향기(냄새)가 없다.'는 뜻이다. 의역하면 꾸밈없이 순수하고 겸손하게 살아가라는 뜻이다.

일부러 향기를 내려고 가식적인 분을 바를 필요가 없다. 오로지 있는 그대로의 사실 안에서 살아가고 싶다. 여행 중에 얻은 가장 훌륭한 선물이고 교훈이라는 생각에 만족했다.

이 글을 정리하는 데는 언제나 나를 도와준 소중한 중국 친구들의 도움이 있었다. 진심으로 감사드린다.

마지막으로 이 책의 출간하는 일에 힘써주신 북랩 출판사 관계자 분들에게도 감사를 전하며 마친다.